四时之书

世味春光,是我最渴望的温暖

梁遇春等◎著　苏陌◎编

吉林出版集团股份有限公司
全国百佳图书出版单位

图书在版编目（CIP）数据

四时之书·世味春光，是我最渴望的温暖 / 梁遇春等著；苏陌编. -- 长春：吉林出版集团股份有限公司，2020.9

（中国名家精品书系）

ISBN 978-7-5581-8625-7

Ⅰ.①四… Ⅱ.①梁… ②苏… Ⅲ.①散文集－中国－现代 Ⅳ.①I266

中国版本图书馆CIP数据核字（2020）第111790号

四时之书·世味春光，是我最渴望的温暖
SISHI ZHI SHU·SHIWEI CHUNGUANG, SHI WO ZUI KEWANG DE WENNUAN

梁遇春等 著　苏陌 编

策　划	曹　恒	责任编辑	李　娇
执行策划	祖　航　林　丽	封面设计	文　武

开　本	710mm×1000mm　1/16	出版 / 发行	吉林出版集团股份有限公司
印　张	14.5	地　址	吉林省长春市福祉大路5788号
字　数	150千	邮　编	130000
版　次	2020年9月第1版	邮　箱	tuzi8818@126.com
印　次	2020年9月第1次印刷	电　话	0431-81629968

北京洲际印刷有限责任公司　　ISBN 978-7-5581-8625-7　　定价 32.00元

版权所有　侵权必究

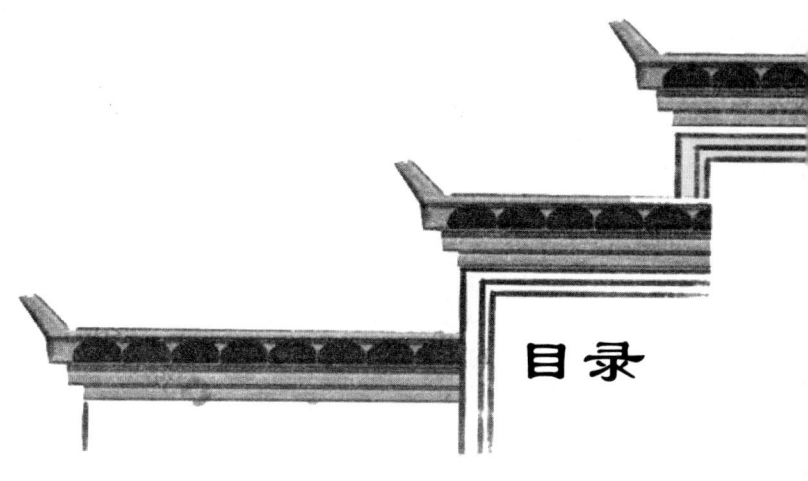

目录

春 / 003

风筝 / 005

超山的梅花 / 009

寂寞的春朝 / 016

老人 / 019

猫 / 026

春雨 / 035

新的枝叶 / 040

住所的话 / 042

春雨之夜 / 047

一片阳光 / 053

惊蛰

蜜蜂 / 061

鸟和树 / 065

春的林野 / 068

北国的微音 / 070

又是一年春草绿 / 077

海燕 / 081

小动物们 / 085

春风 / 095

梨花 / 098

窗 / 100

呼兰河传（节选）/ 106

春风沉醉的晚上 / 111

钓台的春昼 / 129

清明

清明 / 141

移家琐记 / 148

春晖的一月 / 155

白马湖 / 161

故乡的杨梅 / 165

春雨 / 171

桃源杂记 / 173

清明时节 / 179

雨 / 183

花潮 / 185

北平的四季 / 191

看花 / 199

春的警钟 / 205

窗外的春光 / 207

春末闲谈 / 211

歌声 / 217

去来今 / 219

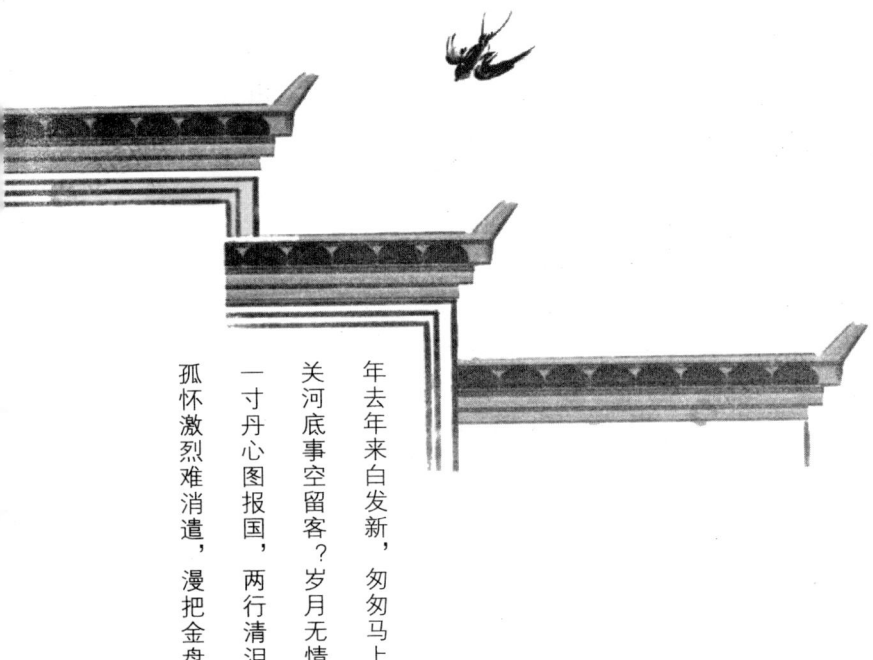

年去年来白发新,匆匆马上又逢春。
关河底事空留客?岁月无情不贷人。
一寸丹心图报国,两行清泪为思亲。
孤怀激烈难消遣,漫把金盘簇五辛。

春

朱自清

盼望着，盼望着，东风来了，春天的脚步近了。

一切都像刚睡醒的样子，欣欣然张开了眼。山朗润起来了，水涨起来了，太阳的脸红起来了。

小草偷偷地从土里钻出来，嫩嫩的，绿绿的。园子里，田野里，瞧去，一大片一大片满是的。坐着，躺着，打两个滚，踢几脚球，赛几趟跑，捉几回迷藏。风轻悄悄的，草软绵绵的。

桃树、杏树、梨树，你不让我，我不让你，都开满了花赶趟儿。红的像火，粉的像霞，白的像雪。花里带着甜味儿；闭了眼，树上仿佛已经满是桃儿、杏儿、梨儿。花下成千成百的蜜蜂嗡嗡地闹着，大小的蝴蝶飞来飞去。野花遍地是：杂样儿，有名字的，没名字的，散在草丛里，像眼睛，像星星，还眨呀眨的。

"吹面不寒杨柳风"，不错的，像母亲的手抚摸着你。风里带来些新翻的泥土的气息，混着青草味儿，还有各种花的香，都在微微润湿的空气里酝酿。鸟儿将巢安在繁花嫩叶当中，高兴起来了，呼朋引伴地卖弄清脆的喉咙，唱出婉转的曲子，跟轻风流水应和着。牛背上牧童的短笛，这时候也成天在嘹亮地响着。

雨是最寻常的，一下就是三两天。可别恼。看，像牛毛，像花针，像细丝，密密地斜织着，人家屋顶上全笼着一层薄烟。树叶儿却绿得发亮，小草儿也青得逼你的眼。傍晚时候，上灯了，一点点黄晕的光，烘托出一片安静而和平的夜。在乡下，小路上，石桥边，有撑起伞慢慢走着的人，地里还有工作的农夫，披着蓑，戴着笠。他们的房屋，稀稀疏疏的，在雨里静默着。

天上风筝渐渐多了，地上孩子也多了。城里乡下，家家户户，老老小小，也赶趟儿似的，一个个都出来了。舒活舒活筋骨，抖擞抖擞精神，各做各的一份事去。"一年之计在于春"，刚起头儿，有的是工夫，有的是希望。

春天像刚落地的娃娃，从头到脚都是新的，它生长着。

春天像小姑娘，花枝招展的，笑着，走着。

春天像健壮的青年，有铁一般的胳膊和腰脚，领着我们上前去。

风筝

鲁迅

北京的冬季,地上还有积雪,灰黑色的秃树枝丫叉于晴朗的天空中,而远处有一二风筝浮动,在我是一种惊异和悲哀。

故乡的风筝时节,是春二月,倘听到沙沙的风轮声,仰头便能看见一个淡墨色的蟹风筝或嫩蓝色的蜈蚣风筝。还有寂寞的瓦片风筝,没有风轮,又放得很低,伶仃地显出憔悴可怜的模样。但此时地上的杨柳已经发芽,早的山桃也多吐蕾,和孩子们的天上的点缀相照应,打成一片春日的温和。我现在在哪里呢?四面都还是严冬的肃杀,而久经诀别的故乡的久经逝去的春天,却就在这天空中荡漾了。

但我是向来不爱放风筝的,不但不爱,并且嫌恶它,因为我以为这是没出息孩子所做的玩艺。和我相反的是我的小兄弟，他那时大概十岁内外罢，多病，瘦得不堪，然而最喜欢风筝，自己买不起，我又不许放，他只得张着小嘴，呆看着空中出神，有时至于小半日。远处的蟹风筝突然落下来了，他惊呼；两个瓦片风筝的缠绕解开了，他高兴得跳跃。他的这些，在我看来都是笑柄，可鄙的。

有一天，我忽然想起，似乎多日不很看见他了，但记得曾见他在后园拾枯竹。我恍然大悟似的，便跑向少有人去的一间堆积杂物的小屋去，推开门，果然就在尘封的什物堆中发现了他。他向着大方凳，坐在小凳上；便很惊惶地站了起来，失了色瑟缩着。大方凳旁靠着一个蝴蝶风筝的竹骨，还没有糊上纸，凳上是一对做眼睛用的小风轮，正用红纸条装饰着，将要完工了。我在破获秘密的满足中，又很愤怒他的瞒了我的眼睛，这样苦心孤诣地来偷做没出息孩子的玩艺。我即刻伸手抓断了蝴蝶的一支翅骨，又将风轮掷在地下，踏扁了。论长幼，论力气，他是都敌不过我的，我当然得到完全的胜利，于是傲然走出，留他绝望地站在小屋里。后来他怎样，我不知道，也没有留心。

然而我的惩罚终于轮到了，在我们离别得很久之后，我已经是中年。我不幸偶尔看了一本外国的讲论儿童的书，才知道游戏是儿童最正当的行为，玩具是儿童的天使。于是二十年来毫不忆及的幼小时候对于精神的虐杀的这一幕，忽地在眼前展开，而我的心也仿佛同时变了铅块，很重很重地堕下去了。

但心又不竟堕下去而至于断绝，它只是很重很重地堕着，堕着。

我也知道补过的方法的：送他风筝，赞成他放，劝他放，我和他一同放。我们嚷着，跑着，笑着。——然而他其时已经和我一样，早已有了胡子了。

我也知道还有一个补过的方法的：去讨他的宽恕，等他说："我可是毫不怪你啊。"那么，我的心一定就轻松了，这确是一个可行的方法。有一回，我们会面的时候，是脸上都已添刻了许多"生"的辛苦的条纹，而我的心很沉重。我们渐渐谈起儿时的旧事来，我便叙述到这一节，自说少年时代的糊涂。"我可是毫不怪你啊。"我想，他要说了，我即刻便受了宽恕，我的心从此也宽松了吧。

"有过这样的事吗？"他惊异地笑着说，就像旁听着别人的故事一样。他什么也不记得了。

全然忘却，毫无怨恨，又有什么宽恕之可言呢？无怨的恕，说谎罢了。

我还能希求什么呢？我的心只得沉重着。

现在，故乡的春天又在这异地的空中了，既给我久经逝去的儿时的回忆，而一并也带着无可把握的悲哀。我倒不如躲到肃杀的严冬中去罢，——但是，四面又明明是严冬，正给我非常的寒威和冷气。

超山的梅花

郁达夫

凡到杭州来游的人，因为交通的便利和时间的经济的关系，总只在西湖一带登山望水，漫游两三日，便买些土产，如竹篮纸伞之类，匆匆回去；以为雅兴已尽，尘土已经涤去，杭州的山水佳处，都曾享受过了。所以古往今来，一般人只知道三竺六桥，九溪十八涧，或西湖十景，苏小岳王；而离杭城三五十里稍东偏北的一带山水，现在简直是很少有人去玩，并且也不大有人提起的样子。

在古代可不同；至少至少，在清朝的乾嘉道光，去今百余年前，杭州人的好游的，总没有一个不留恋西溪，也没有一个不披蓑戴笠去看半山（即皋亭山）的桃花，超山的香雪的。原因是因为那时候杭州和外埠的交通，所取的路径都是水道；从嘉兴上海等处来往杭州，运河是必经之路。舟人塘栖，两岸就看得到山影；到这里，自杭州去他处的人，渐有离乡去国之感，自外埠到杭州来的人，方看得到山明水秀的一个外廓；因而塘栖镇和超山、独山等处，便成了一般旅游之人对杭州的记忆的中心。

超山是在塘栖镇南，旧日仁和县（现在并入杭县了）东北六十里的永和乡的，据说高有五十余丈，周二十里（咸淳《临安志》作三十七丈），因其山超然出于皋亭黄鹤之外，故名。

从前去游超山，是要从湖墅或拱宸桥下船，向东向北向西向南，曲折回环，冲破菱荇水藻而去的；现在汽车路已经开通，自清泰门向东直驶，至乔司站落北更向西，抄过临平镇，由临平山西北，再驰十余里，就可以到了；"小红唱曲我吹箫"的船行雅处，现在虽则要被汽车的机器油破坏得丝缕无余，但坐船和坐汽车的时间的比例，却有五与一的大差。

汽车走过的临平镇，是以释道潜的一首"风蒲猎猎弄轻柔，欲立蜻蜓不自由。五月临平山下路，藕花无数满汀洲"的绝句出名；而超山北面的塘栖镇，又以南宋的隐士，明末清初的田园别墅出名；介与塘栖与超山之间的丁山湖，更以水光山色，鱼虾果木出名；也无怪乎从前的文人骚客，都要向杭州的东面跑，而超山皋亭山的名字每散见于诸名士的歌咏里了。

超山脚下，塘栖附近的居民，因为住近水乡，阡陌不广之故，所靠以谋生的完全是果木的栽培。自春历夏，以及秋冬，梅子、樱桃、枇杷、杏子、甘蔗之类的出产，一年总有百万元内外。所以超山一带的梅林，成千成万；由我们过路的外乡人看来，只以为是乡民趣味的高尚，个个都在学林和靖的终身不娶，殊不知实际上是他们却是正在靠此而养活妻孥的哩！

超山的梅花，向来是开在立春前后的；梅干极粗极大，枝叉离披四散，五步一丛，十步一坂，每个梅林，总有千株内外，一株的花朵，又有万颗左右；故而开的时候，香气远传到十里之外的临平山麓，登高而远望下来，自然自成一个雪海；近年来虽说梅株减少了一点，但我想比到罗浮的仙境，总也只有过之，不会不及。

从杭州到超山去的汽车路上，过临平山后，两旁已经有一处一处的梅林在迎送了，而汇聚得最多，游人所必到的看梅胜地，大抵总在汽车站西南，超山东北麓，报慈寺大明堂（亦称大明寺）前头，梅花丛里有一个周梦坡筑的宋梅亭在那里的周围五六里地的一圈地方。

报慈寺里的大殿（大约就是大明堂了罢？），前几年被寺的仇人毁坏了，当时还烧死了一位当家和尚在殿东一块石碑之下。但殿后的一块刻有吴道子画的大士像的石碑，还好好地镶在壁里，丝毫也没有动。去年我去的时候，寺僧刚在募化重修大殿；

殿外面的东头，并且已经盖好了三间厢房在作客室。后面高一段的三间后殿，火烧时也不曾烧去，和尚手指着立在殿后壁里的那一块石刻大士像碑说："这都是这位大慈大悲救苦救难广大灵感观世音菩萨的福佑！"

在何春渚删成的《塘栖志略》里，说大明寺前有一口井，井水甘冽！旁树石碣，刻有"一人堂堂，二曜重光，泉深尺一，点去冰旁；二人相连，不欠一边，三梁四柱烈火燃，添却双钩两日全"之碑铭，不识何意等语。但我去大明堂（寺）的时候，却既不见井，也不见碑；而这条碑铭，我从前是曾在一部笔记叫作《桂苑丛谈》的书里看到过一次的。这书记载着："令狐相公出镇淮海日，支使班蒙，与从事诸人，俱游大明寺之西廊，忽睹前壁，题有此铭，诸宾皆莫能辨，独班支使曰：'得非大明寺水，天下无此八字乎？'众皆恍然。"从此看来，《塘栖志略》里所说的大明寺井碑，应是抄来的文章，而编者所谓不识何意者，还是他在故弄玄虚。当然，寺在山麓，地又近水，寺前寺后，井是当然有一口的；井里的泉，也当然是清冽的；不过此碑此铭，却总有点儿可疑。

大明寺前的所谓宋梅，是一棵曲屈苍老，根脚边只剩了两条树皮围拱，中间空心，上面枝干四叉的梅树。因为怕有人折，树外面全部是用一铁丝网罩住的。树当然是一株老树，起码也要比我的年纪大一两倍，但究竟是不是宋梅，我却不敢断定。

去年秋天，曾在天台山国清寺的伽蓝殿前，看见过一株所谓隋梅；前年冬天，也曾在临平山下安隐寺里看见过一枝所谓唐梅；但所谓隋，所谓唐，所谓宋，等等，我想也不过"所谓"而已，究竟如何，还得去问问植物考古的专家才行。

出大明堂，从梅花林里穿过，西面从吴昌硕的坟旁一条石砌路上攀登上去，是上超山顶去的大路了。一路上有许多同梦也似的疏林，一株两株如被遗忘了似的红白梅花，不少的坟园，在招你上山，到了半山的竹林边的真武殿（俗称中圣殿）外，超山之所以为超，就有点感觉得到了；从这里向东西北的三面望去，是汪洋的湖水，曲折的河身，无数的果树，不断的低岗，还有塘的两面的点点的人家；这便算是塘栖一带的水乡全景的鸟瞰。

从中圣殿再沿石级上去，走过黑龙潭，更走二里，就可以到山顶，第一要使你骇一跳的，是没有到上圣殿之先的那一座天然石筑的天门。到了这里，你才晓得超山的奇特，才晓得志上所说的"山有石鱼石笋等，他石多异形，如人兽状"诸记载的不虚。实实在在，超山的好处，是在山头一堆石，山下万梅花，至若东瞻大海，南眺钱江，田畴如井，河道如肠，桑麻遍地，云树连天等形容词，则凡在杭州东面的高处，如临平山黄鹤峰上都用得着的，并非是超山独一无二的绝景。

你若到了超山之后,则北去超山七里地外的塘栖镇上,不可不去一到。在那些河流里坐坐船,果树下跑跑路,趣味实在是好不过。两岸人家,中夹一水;走过丁山湖时,向西面看看独山,向东首看看马鞍龟背,想象想象南宋垂亡。福王在庄(至今其地还叫作福王庄)上所过的醉生梦死脂香粉腻的生涯,以及明清之际,诸大老的园亭别墅、台榭楼堂,或康熙乾隆等数度的临幸,包管你会起一种像读《芜城赋》似的感慨。

又说到了南宋,关于塘栖,还有好几宗故事,值得一提。第一,卓氏家乘《唐栖考》里说:"唐栖者,唐隐士所栖也;隐士名珏,字玉潜,宋末会稽人。少孤,以明经教授乡里子弟而养其母。至元戊寅,浮图总统杨连真伽,利宋攒宫金玉,故为妖言惑主听,发掘之。珏怀愤,乃货家具。召诸恶少,收他骨易遗骸,瘗兰亭山后,而树冬青树识焉。珏后隐居唐栖,人义之,遂名其地为唐栖。"这镇名的来历说,原是人各不同的,但这也岂不是一件极有趣的故事吗?还有塘栖西龙河圩,相传有宋宫人墓;昔有士子,秋夜凭栏对月,忽闻有环珮之声,不寐听之,歌一绝云:"淡淡春山抹未浓,偶然还记旧行踪。自从一入朱门去,便隔人间几万重。"闻之酸鼻。这当然也是一篇绝哀艳的鬼国文章。

塘栖镇跨在一条水的两岸,水南属杭州,水北属德清;商市的繁盛,酒家的众多,虽说只是一个小小的镇集,但比起有些县城来，怕还要闹热几分。所以游过超山，不愿在山上吃冷豆腐黄米饭的人，尽可以上塘栖镇上去痛饮大嚼；从山脚下走回汽车路去坐汽车上塘栖，原也很便利，但这一段路，总以走走路坐坐船更为合适。

寂寞的春朝

郁达夫

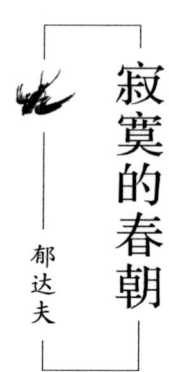

　　大约是年龄大了一点的缘故罢,近来简直不想行动,只爱在南窗下坐着晒晒太阳,看看旧籍,吃点容易消化的点心。

　　今年春暖,不到废历的正月,梅花早已开谢,盆里的水仙花,也已经香到了十分之八了。因为自家想避静,连元旦应该去拜年的几家亲戚人家都懒得去。饭后瞌睡一醒,自然只好翻翻书架,拣出几本正当一点的书来阅读。顺手一抽,却抽着了一部退补斋刻的陈龙川的文集。一册一册的翻阅下去,觉得中国的现状,同南宋当时,实在还是一样。外患的迭来,朝廷的蒙昧,百姓的无智,志士的悲哽,在这中华民国的二十四年,和孝宗的乾道淳熙,的确也没有什么绝大的差别,从前有人吊岳飞说："怜他绝代英雄将，争不迟生付孝宗！"但是陈同甫的《中兴五论》，上孝宗皇帝的《三书》，毕竟又有点什么影响？

读读古书，比比现代，在我原是消磨春昼的最上法门。但是且读且想，想到了后来，自家对自家，也觉得起了反感。在这样好的春日，又当这样有为的壮年，我难道也只能同陈龙川一样，做点悲歌慷慨的空文，就算了结了么？但是一上书不报，再上，三上书也不报的时候，究竟一条独木，也支不起大厦来的。为免去精神的浪费，为避掉亲友的来扰，我还是拖着双脚，走上城隍山去看热闹去。

自从迁到杭州来后，这城隍山真对我发生了绝大的威力。心中不快的时候，闲散无聊的时候，大家热闹的时候，风雨晦冥的时候，我的唯一的逃避之所就是这一堆看上去也并不高大的石山。去年旧历的元旦，我是上此地来过的；今年虽则年岁很荒，国事更坏，但山上的香烟热闹，绿女红男，还是同去年一样。对花溅泪，怕要惹得旁人说煞风景，不得已我只好于背着手走下山来的途中，哼它两句旧诗：

大地春风十万家，偏安原不损繁华。

输降表已传关外，册帝文应出海涯。

北阙三书终失策,暮年一第亦微瑕。

千秋论定陈同甫,气壮词雄节较差。

走到了寓所,连题目都想好了,是《乙亥元日,读陈龙川集,有感时事》。

老 人

王统照

几年来没曾有多少机会能以在旷野中观赏雪景,这一次在"北国"的初春中将机会与地方同时找到。吹了两天令人头痛的风后,夜中屋外息了风声,第二天从窗子便看见大院子变成一片晶莹的世界。光明啊!有趣,有趣,骤然的欢喜的呼声从蛰居的蜂房般的屋子中喊出。可悯怜的同人,在这荒凉的所在哪怕一点一点儿的天气变化都会使他们喜得流出泪来。只要是没有吹堕屋瓦,扬起砂块在空中乱舞的大风。

感谢"上帝"!有这一夜的大雪给大家的灰色的心迹中照耀出洁亮的微光。

他们如同十几岁的小学生一般,光亮的皮鞋来回踏着清明的雪迹，有的不顾冷，也同小孩子们搏击雪块。胖子的朱先生高声喊着京腔的二簧调，他们邻室中擅长音乐的青年用两只长手替他拍板，又啧啧地称赞这声调确是谭派。胖子乐了，口角间的肥肉更添了几丝垂纹，显出十分欣乐的面容。

在四周垣墙上满安设着电网的大监狱中，这是个值得纪念的日子！

没有风没有泥，一望是有明角的冰雪世界，莹澈、清凉、新鲜，说不尽的快感烧在各个人的胸中。午饭时不知怎的凑巧却在每张桌子上有山芋炖牛肉一碗，仿佛是快乐的享宴。谈话的声音不比寻常，不是每天强咬着有长须的生豆芽，与酸秀才滋味似的干菸蘑时低头皱眉的沉郁气象。于是熟于外国风俗的孟先生在说了：

"你瞧！今儿个真像圣诞节吃火鸡，唉，我来了两个月压根儿没有这么乐！……"

"有雪，有牛肉，可惜没有酒啦。"是河北省宣化左右口音的一位少年略似不足地说。

"有肴无酒，'归而谋诸妇'，这一下可着了。有太太在这儿的不替咱们打打主意么？"不知哪位好诙谐的先生用柔细的嗓子在那边桌子上喊。

"哟！……"只有这个字音从善说北平话的孟先生的喉中发出，却没下文。

几个桌子上互相望着,只有秃了额发的会计主任若无所见闻的用力吃米饭。(他在这个地方同他的家人已经住过三年!)

大家更乐,一时的语锋全向他射去,原来会计主任的太太四个孩子都在校外住着。纷扰的结果,会计主任答应多早晚他们到家中去吃一顿便饭,便添上了又一重的喜气。及至饭后,低低的吟哦声在那烟气弥漫的餐室外的空中四散飘荡。

雪还是慢条斯理地降落着。

午后渐渐有了太阳,映在雪地上时时闪出明丽的眩目的光。我一个人到铁栅的大门外走去。平旷的郊原,一种色彩,一例的平铺,淡云的空中,看得清远处的几个矗立的烟筒中斜吹出的黑烟。向西南方去的列车飞行过去,还听得见铁轮的余音。这里不容易遇到行路的人,雪后更无人迹。郊野中有几行不粗的髡柳枝子上时而坠下待融的雪块,并且狗也见不到一只。唯有对了大门那边有一片黄土小屋子的旁边,高粱秸打成的风障被微风拂着发出飕飕的声响。

寂静,安稳,一切是平板的世界。在这里真是"无不平"!

我大胆越过了几道地上的土陇,踏着松软的雪走到一个风障的后面。仿佛是奇迹一般,在一堆长黑狗毛中簇动着一个头颅,周身反披着狗裘的一个人,蹲在扫去了雪的一片润湿的土上面,在宽边的黑毡帽下低着头吃旱烟。

这是一幅图画,我没敢惊动他。隔开七八步远我立住了。

这一定是位老人，不知有何证明我心中这样断定。他一点不动，浓厚的烟从他的长皮领后面吹散，虽在这空气清新的野中而关东黄烟叶的气味却能嗅得到。静静地几分钟过去了，他不回头我也不能往前再走。为什么呢？自己也不明白。像是一袋烟吸尽了，在宽博的裘下（这只是用黑狗皮缝在一处的披衣罢了）将仿佛长有一尺以外的黄粗竹子的烟袋向地上磕着余灰，太从容了。他用烟袋上的铜斗叩地的声音似有韵律，轻轻的，急慢有序的，如同吸烟一般的为了过瘾。又经过了几分钟，我以为他应分是站起来，否则回头了。都不是，地上叩烟的声音完了，接着便见他又从破布袋中装上一斗，火石与铁镰擦了几下，微微见有几个火星，似是已经燃着。接着青烟又从他的口边围绕于皮领子后面。冷风吹着长而苍黑的毛领，如同蜷毛狗的尾巴掀动。

青烟在冷而明的空中分外明显。

我忍不住了，干咳了一声，这像是询问。果然一个黝黑的面孔由皮领的左面转过来。在秃了毛的大帽之下，是摺纹中嵌入黑线，瘪了双腮，蓬乱着胡子的一张脸。这脸上看不出有什么表情，只是一对有光的眼睛向我斜看。吃了一吓，如同小孩子梦想着怪物似的，我不由得将身子微微移动。同时慢慢地他也直立起来，高大而稍稍伛偻的身子，斜披的青布破袄，迎着这满地雪光是一种光明与深沉的对照。他用树皮似的手将长烟管揣入怀中。

"好雪！——"

这是"关内"的口音，虽然还听不出是哪一个地方。嘎长的音调颇为粗壮，这恰与他身个儿相称。

"啊！好雪，你倒清闲呀，在这儿晒太阳。"

"先生，——晒太阳？不，我在这里看猪……"

我笨极了，从他的手指的方向才看到泥涂的高粱圈后面有黑影的蠢动。

"你住的一定不远，种菜园子，是吧？"

哈哈的笑声发自他的口中，牙落了，这才是有趣的声音。"种菜园子，没有……唉……那福气！先生，我是'雇'给种菜园子的人看猪的——像我，不是只配看猪？"

我晓得这位老人的性格特别，说话要当心了："看猪就好，你一个人在这地方？"

老人曲着腰仿佛要将胸中的噫气吐尽似的，大声道："原先不是一个人的。老了！老了！在这边四十年，现在却只是一个老头子了……"

"原来这样，好久啊，四十年！"

"先生，头一次到这边吧？以前我老没有碰到你。我初到这里什么也没有，只是替大鼻子修铁道，学堂、买卖，什么也没有，全是空地。我一家子有儿有女，我在铁道上做工，还种地，谁管呀！地多得很，你们这学堂占的地我都种过。……后来日本人同大鼻子开仗，好！……这战完事！那一年上老婆子死的。据大夫说是产后受了冰冻，自然小孩子也去了！两个儿子都被大鼻子牵去运子弹，往……往，……我想想啊！往辽阳去，从此以后完了！直到现在……"他的面容由黝黑中透出灼热的微红，即时他咳了一阵吐出几口稠痰。

"再说……吧，甘多的小妮子后来同我在菜园子的地窖里饿了七八天，末了是教外国兵——几个小伙子弄死的！你看我这左胳膊上一个窟窿。"他并不怕冷，很容易的从斜披的大衣中伸出他的皮松筋露的大臂，肩下的肌肉中有一个肉穴有拇指粗细，"这是刺刀的尖伤！"

我不禁打了几个冷颤。风从身旁的枯树枝中穿过，像鬼叫一般。

他又继续着说了，左臂却伸在大衣之内。

"后来的事，先生，你不必问了，我到过多少地方：三姓、延吉、黑河子、哈尔滨，与蒙古包……"

"做什么呢？"

"吓吓，先生，这还不懂得么。我在那时还能干什么。不是钻山跑马，挖参打架，咳！哪里说得完。总之，我是当过刽子手的。……老了，现在到这个地方来又纪念过去，好在新来的乡亲多知道我，给我这口饭吃，只能看猪了。因为右臂受过潮湿，不能做活了……"

　　质朴的老人的话向我这么一个生客说出,他似是一无顾及的,也许老年的神经在这时中激烧起青年时期的火焰。命运与报复毁损了这看猪老人的体力与精神。

　　我说不出什么话。

　　态度从容的老人向东一指道:"我现在并不恨那些穿黄衣的人了!先生,我在二十年前算将我的仇报了。看到中国的灰兔子还不是与人家的当兵小子一个胎儿?我现在只能晒太阳,吃吃旱烟,你看我眼见得这地方是一年不能比一年了!"

　　我有许多话要说,却说不出。老人又重复蹲下,他并不愿意问我。青烟又缕缕地从他的唇间吐出。净明的雪,冷战的风,一切还是在大地上映动着。路上一个人没有,只有猪的哙哙的争食声,我可以听得到。

　　地上是明亮洁白了。这一个过午,我却载了一颗黯淡的心在胸中不住地跳动。

　　第二天,问问在此住久的同人,那个老人究竟住在什么地方,却没人知道。

猫

郑振铎

我家养了好几次猫，结局总是失踪或死亡。三妹是最喜欢猫的，她常在课后回家时，逗着猫玩。有一次，从隔壁要了一只新生的猫来。花白的毛，很活泼，如带着泥土的白雪球似的，常在廊前太阳光里滚来滚去。三妹常常取了一条红带，或一根绳子，在它面前来回地拖摇着，它便扑过来抢，又扑过去抢。我坐在藤椅上看着他们，可以微笑着消耗过一二小时的光阴，那时太阳光暖暖的照着，心上感着生命的新鲜与快乐。后来这只猫不知怎地忽然消瘦了，也不肯吃东西，光泽的毛也污涩了，终日躺在厅上的椅下，不肯出来。三妹想着种种方法逗它，它都不理会。我们都很替它忧郁。三妹特地买了一个很小很小的铜铃，用红绫带穿了，挂在它颈下，但只显得不相称，它只是毫无生意地、懒惰地、郁闷地躺着。有一天中午，我从编译所回来，三妹很难过地说道："哥哥，小猫死了！"

我心里也感着一缕的酸辛，可怜这两月来相伴的小侣！当时只得安慰着三妹道："不要紧，我再向别处要一只来给你。"

隔了几天，二妹从虹口舅舅家里回来，她道，舅舅那里有三四只小猫，很有趣，正要送给人家。三妹便怂恿着她去拿一只来。礼拜天，母亲回来了，却带了一只浑身黄色的小猫同来。立刻三妹一部分的注意，又被这只黄色小猫吸引去了。这只小猫较第一只更有趣、更活泼。它在园中乱跑，又会爬树，有时蝴蝶安详地飞过时，它也会扑过去捉。它似乎太活泼了，一点也不怕生人，有时由树上跃到墙上，又跑到街上，在那里晒太阳。我们都很为它提心吊胆，一天都要"小猫呢？小猫呢？"查问得好几次。每次总要寻找了一回，方才寻到。三妹常指它笑着骂道："你这小猫呀，要被乞丐捉去后才不会乱跑呢！"我回家吃中饭，总看见它坐在铁门外边，一见我进门，便飞也似的跑进去了。饭后的娱乐，是看它在爬树。隐身在阳光隐约里的绿叶中，好像在等待着要捕捉什么似的。把它抱了下来。一放手，又极快地爬上去了。过了二三个月，它会捉鼠了。有一次，居然捉到一只很肥大的鼠，自此，夜间便不再听见讨厌的吱吱的声了。

某一日清晨,我起床来,披了衣下楼,没有看见小猫,在小园里找了一遍,也不见。心里便有些亡失的预警。

"三妹,小猫呢?"

她慌忙地跑下楼来,答道:"我刚才也寻了一遍,没有看见。"

家里的人都忙乱地在寻找,但终于不见。

李嫂道:"我一早起来开门,还见它在厅上。烧饭时,才不见了它。"

大家都不高兴,好像亡失了一个亲爱的同伴,连向来不大喜欢它的张婶也说:"可惜,可惜,这样好的一只小猫。"

我心里还有一线希望,以为它偶然跑到远处去,也许会认得归途的。

午饭时,张婶诉说道:"刚才遇到隔壁周家的丫头,她说,早上看见我家的小猫在门外,被一个过路的人捉去了。"

于是这个亡失证实了。三妹很不高兴的咕噜着道:"他们看见了,为什么不出来阻止?他们明晓得它是我家的!"

我也怅然的,愤恨的,在诅骂着那个不知名的夺去我们所爱的东西的人。

自此,我家好久不养猫。

冬天的早晨,门口蜷伏着一只很可怜的小猫。毛色是花白,但并不好看,又很瘦。它伏着不去。我们如不取来留养,至少也要为冬寒与饥饿所杀。张婶把它拾了进来,每天给它饭吃。

但大家都不大喜欢它，它不活泼，也不像别的小猫只喜欢顽游，好像是具着天生的忧郁性似的，连三妹那样爱猫的，对于它也不加注意。如此的，过了几个月，它在我家仍是一只若有若无的动物。它渐渐的肥胖了，但仍不活泼。大家在廊前晒太阳闲谈着时，它也常来蜷伏在母亲或三妹的足下。三妹有时也逗着它玩，但没有对于前几只小猫那样感兴趣。有一天，它因夜里冷，钻到火炉底下去，毛被烧脱好几块，更觉得难看了。

春天来了，它成了一只壮猫了，却仍不改它的忧郁性，也不去捉鼠，终日懒惰地伏着，吃得胖胖的。

这时，妻买了一对黄色的芙蓉鸟来，挂在廊前，叫得很好听。妻常常叮嘱着张妈换水，加鸟粮，洗刷笼子。那只花白猫对于这一对黄鸟，似乎也特别注意，常常跳在桌上，对鸟笼凝望着。

妻道："张妈，留心猫，它会吃鸟呢。"

张妈便跑来把猫捉了去。隔一会儿，它又跳上桌子对鸟笼凝望着了。

一天，我下楼时，听见张妈在叫道："鸟死了一只，一条腿被咬去了，笼板上都是血。是什么东西把它咬死的？"

我匆匆跑下去看，果然一只鸟是死了，羽毛松散着，好像它曾与它的敌人挣扎了许久。

我很愤怒，叫道："一定是猫，一定是猫！"于是立刻便去找它。

妻听见了，也匆匆地跑下来，看了死鸟，很难过，便道："不是这猫咬死的还有谁？它常常对鸟笼望着，我早就叫张婶要小心了。张婶！你为什么不小心？"

张婶默默无言，不能有什么话来辩护。

于是猫的罪状证实了。大家都去找这可厌的猫，想给它以一顿惩戒。找了半天，却没找到。我以为它真是"畏罪潜逃"了。

三妹在楼上叫道："猫在这里了。"

它躺在露台板上晒太阳，态度很安详，嘴里好像还在吃着什么。我想，它一定是在吃着这可怜的鸟的腿了，一时怒气冲天，拿起楼门旁倚着的一根木棒，追过去打了一下。它很悲楚地叫了一声"咪呜！"，便逃到屋瓦上了。

我心里还愤愤的，以为惩戒得还没有快意。

隔了几天，李嫂在楼下叫道："猫，猫！又来吃鸟了。"同时我看见一只黑猫飞快的逃过露台，嘴里衔着一只黄鸟。我开始觉得我是错了！

我心里十分难过，真的，我的良心受伤了，我没有判断明白，便妄下断语，冤苦了一只不能说话辩诉的动物。想到它的无抵抗的逃避，益使我感到我的暴怒，我的虐待，都是针，刺我的良心的针！

我很想补救我的过失,但它是不能说话的,我将怎样的对它表白我的误解呢?

　　两个月后,我们的猫忽然死在邻家的屋脊上。我对于它的亡失,比以前的两只猫的亡失,更难过得多。

　　我永无改正我的过失的机会了!

　　自此,我家永不养猫。

雨水

YU SHUI

二十四节气

世味年来薄似纱,谁令骑马客京华。
小楼一夜听春雨,深巷明朝卖杏花。
矮纸斜行闲作草,晴窗细乳戏分茶。
素衣莫起风尘叹,犹及清明可到家。

春雨

梁遇春

整天的春雨,接着是整天的春阴,这真是世上最愉快的事情了。我向来厌恶晴朗的日子,尤其是骄阳的春天;在这个悲惨的地球上忽然来了这么一个欣欢的气象,简直像无聊赖的主人宴饮生客时拿出来的那副古怪笑脸,完全显出宇宙里的白痴成分。在所谓大好的春光之下,人们都到公园大街或者名胜地方去招摇过市,像猩猩那样嘻嘻笑着,真是得意忘形,弄到变成为四不像了。可是阴霾四布或者急雨滂沱的时候,就是最沾沾自喜的财主也会感到苦闷,因此也略带了一些人的气味,不像好天气时候那样望着阳光,盛气凌人地大踏步走着,颇有上帝在上,我得其所的意思。至于懂得人世哀怨的人们,黯淡的日子可说是他们唯一光荣的时光。苍穹替他们流泪，乌云替他们皱眉，他们觉到四围都是同情的空气，仿佛一个堕落的女子躺在母亲怀中，看见慈母一滴滴的热泪溅到自己的泪痕，真是润遍了枯萎的心田。斗室中默坐着，忆念十载相违的密友，已经走去的情人，想起生平种种的坎坷，一身经历的苦楚，倾听窗外檐前凄清的滴沥，仰观波涛浪涌，似无止期的雨云，这时一切的荆棘都化作洁净的白莲花了，好比中古时代那班圣者被残杀后所显的神迹。"最难风雨故人来"，阴森森的天气使我们更感到人世温情的可爱，替从苦雨凄风中来的朋友倒上一杯热茶的时候，我们很有放下屠刀，立地成佛子的心境。"风雨如晦，鸡鸣不已"，人类真是只有从悲哀里滚出来才能得到解脱，千锤百炼，腰间才有这一把明晃晃的钢刀。"今日把似君，谁为不平事。""山雨欲来风满楼"，这很可以象征我们孑立人间，尝尽辛酸，远望来日大难的气概，真好像思乡的客子拍着栏杆，看到郭外的牛羊，想起故里的田园，怀念着宿草新坟里当年的竹马之交，泪眼里仿佛模糊辨出龙钟的父老蹒跚走着，或者只瞧见几根靠在破壁上的拐杖的影子。所谓生活术恐怕就在于怎么样当这么一个临风的征人罢。无论是风雨横来，无论是澄江一练，始终好像惦记着一个花一般的家乡，那可说就是生平理想的结晶，蕴在心头的诗情，也就是明哲保身的最后壁垒了。可是同时还能够认清眼底的江山，把住自己的步骤，不管这个异地的人们是多么残酷，不管这个他乡的水土是多么不惯，却能够清瘦地站着，戛戛然好似狂风中的老树。能够忍受，却没有麻木；能够多情，却不流于感伤，仿佛楼前的春雨，悄悄下着，遮住耀目的阳光，却滋润了百草同千花。檐前的燕子躲在巢中，对着如丝如梦的细雨呢喃，真有点像也向我道出此中的消息。

可是春雨有时也凶猛得可以，风驰电掣，从高山倾泻下来也似的，万紫千红，都付诸流水，看起来好像是煞风景的，也许是那有怀抱罢。生平性急，一二知交常常焦急万分地苦口劝我，可是暗室扪心，自信绝不是追逐事功的人，不过对于纷纷扰扰的劳生却常感到厌倦，所谓性急无非是疲累的反响罢。有时我却极有耐心，好像废殿上的玻璃瓦，一任他风吹雨打，霜蚀日晒，总是那样子痴痴地望着空旷的青天。我又好像能够在没字碑面前坐下，慢慢地去冥想这块石板的深意，简直是个蒲团已碎，呆然趺坐着的老僧，想赶快将世事了结，可以抽身到紫竹林中去逍遥，跟把世事撇在一边，大隐隐于市，就站在热闹场中来仰观天上的白云，这两种心境原来是不相矛盾的。我虽然还没有，而且绝不会跳出人海的波澜，但是拳拳之意自己也略知一二，大概摆动于焦躁与倦怠之间，总以无可奈何天为中心罢。所以我虽然爱茸茸的细雨，我也爱大刀阔斧的急雨，纷至沓来，洗去阳光，同时也洗去云雾，使我们想起也许此后永无风恬日美的光阴了，也许老是一阵一阵的暴雨，将人世哀乐的踪迹都漂到大海里去，白浪一翻，什么渣滓也看不出了。焦躁同倦怠的心境在此都得到涅槃的妙悟，整个世界就像客走后，撤下筵席洗得顶干净，排在厨房架子上的杯盘，当个主妇的创造主看着大概也会微笑罢，觉得一天的工作总算告终了。最少我常常臆想这个还了本来面目的大地。

可是最妙的境界恐怕是尺牍里面那句滥调，所谓"春雨缠绵"罢。一连下了十几天的梅雨，好像再也不会晴了，可是时时刻刻都有晴朗的可能。有时天上现出一大片的澄蓝，雨脚也慢慢收束了，忽然间又重新点滴凄清起来，那种捉摸不到，万分别扭的神情真可以做这个哑谜一般的人生的象征。记得十几年前每当连朝春雨的时候，常常剪纸作和尚形状，把它倒贴在水缸旁边，意思是叫老天不要再下雨了。虽然看到院子里雨脚下一粒一粒新生的水泡我总觉到无限的欣欢，尤其当急急走过檐前，脖子上溅几滴雨水的时候。可是那时我对于春雨的情趣是不知不觉之间领略到的，并没有凝神去寻找，等到知道怎么样去欣赏恬适的雨声时候，我却老在干燥的此地做客，单是夏天回去，看看无聊的骤雨，过一过雨瘾罢了。因此"小楼一夜听春雨"的快乐当面错过，从我指尖上滑走了，盛年时候好梦无多，到现在彩云已散，一片白茫茫，生活不着边际，如堕五里雾中，对于春雨的怅惘只好算作内中的一小节罢，可是仿佛这一点很可以代表我整个的悲哀情绪。但是我始终喜欢冥想春雨，也许因为我对于自己的愁绪很有顾惜爱抚的意思；我常常把陶诗改过来，向自己说道："衣沾不足惜，但愿恨无违。"我会爱凝恨也似的缠绵春雨，大概也因为自己有这种的心境罢。

新的枝叶

鲁彦

许久不曾出城了,原来连岩石上也长了新的枝叶。隐蔽着小径的春草,多么引人怜惜。虽是野生的植物,毕竟刚生长呀。这里可也存在着泼剌的生命,给风雨吹润着,阳光抚爱着,希望茁壮地成长起来的。夏天一到,不就茂密而且高大,变成了音乐的摇篮吗?

看呵,那细嫩的枝体,怯弱的姿态,清冽的呼吸,虽是无知的小小生命,也够可爱了。谁不想加以亲切的抚摸,报以温和的微笑呢?

这样想着,我依恋地轻缓地走在小径上,生怕给与可爱的春草重大的伤害。我厌憎那在我身边急促地走过的人们。他们用粗暴而且沉重的脚步到处蹂躏着，对那吱吱地惨叫着的声音，也不生一点儿同情。

然而，世上还有比这更使人切齿的厌恶的。

在前面，一幢新的小屋旁，离我不十分远的地方，突然出现了一棵奇异的树木。枯萎的叶子，焦黑的枝干，是曾经被猛烈的火焰燃烧过的。我不禁愤怒得连毛发也竖起来了。

几个月前，那时还是冬天，我曾经到过这地方。我看见了一堆瓦砾，一堆余烬未熄的木料，和这样一棵刚被燃烧过的树木。不知是在这树木的哪一边，许多人围做了一团，叹息着，悲愤着。

我看见一个失了血色的小小的脸庞躺在地上……

是魔手在这里抛下了恶毒的炸弹，戕害着小小的生命！

现在，他不复在这地上了，地上铺满了青涩的娇嫩怯弱的春草。瓦砾堆上已经建筑起新的小屋。而那还残留着燃烧痕迹的树木，也已渐渐苏醒过来，在丫杈间伸出了短小的嫩芽。

希望是无穷的，人的力和自然的力在改换着世界。但把仇恨记在心头吧，被戕害的是个可爱的小小的生命呵！倘使他活着，转瞬间不就是个茁壮的青年吗？

即使在岩石上，也要生长出新的枝叶呀！

住所的话

郁达夫

　　自以为青山到处可埋骨的飘泊惯的流人，一到了中年，也颇以没有一个归宿为可虑；近来常常有求田问舍之心，在看书倦了之后，或夜半醒来，第二次再睡不着的枕上。

　　尤其是春雨萧条的暮春，或风吹枯木的秋晚，看看天空，每会做赏雨茅屋及江南黄叶村舍的梦想；游子思乡，飞鸿倦旅，把人一年年弄得意气消沉的。这时间的威力，实在是可怕，实在是可恨。

　　从前很喜欢旅行，并且特别喜欢向没有火车、飞机、轮船等近代交通利器的偏僻地方去旅行。一步一步地缓步着，向四面绝对不曾见过的山川风物回视着，一刻有一刻的变化，一步有一步的境界。到了地旷人稀的地方,你更可以高歌低唱,袒裼裸裎,把社会上的虚伪的礼节,谨严的态度,一齐洗去。人与自然,合而为一,大地高天,形成屋宇,蠛蠓蚁虱,不觉其微,五岳昆仑,也不见其大。偶或遇见些茅篷泥壁的人家,遇见些性情纯朴的农牧,听他们谈些极不相干的私事,更可以和他们一道的悲,一道的喜。半岁的鸡娘,新生一蛋,其乐也融融,与国王年老,诞生独子时的欢喜,并无什么分别。黄牛吃草,嚼断了麦穗数茎,今年的收获,怕要减去一勺,其悲也戚戚,与国破家亡的流离惨苦,相差也不十分远。

至于有山有水的地方呢,看看云容岩影的变化,听听大浪啮矶的音乐,应临流垂钓,或松下息阴。行旅者的乐趣,更加可以多得如放翁的入蜀道,刘阮的上天台。

这一种好游旅,喜飘泊的性情,近年来渐渐地减了;连有必要的事情,非得上北平、上海去一次不可的时候,都一天天地拖延下去,只想不改常态,在家吃点精致的菜,喝点芳醇的酒,睡睡午觉,看看闲书,不愿意将行动和平时有所移易;总之是懒得动。

而每次喝酒,每次独坐的时候,只在想着计划着的,却是一间洁净的小小的住宅,和这住宅周围的点缀与铺陈。

若要住家,第一的先决问题,自然是乡村与城市的选择。以清静来说,当然是乡村生活比较得和我更为适合。可是把文明利器——如电灯、自来水等——的供给，家人买菜购物的便利，以及小孩的教育问题等合计起来，却又觉得住城市是必要的了。具城市之外形，而又富有乡村的景象之田园都市，在中国原也很多。北方如北平，就是一个理想的都城；南方则未建都前之南京，濒海的福州等处，也是住家的好地。可是乡土的观念，附着在一个人的脑里，同毛发的生于皮肤一样，丛长着原没有什么不对，全脱了却也是有点儿不可能。所以三年之前，也是在一个春雨霏微的节季，终于听了霞的劝告，搬上杭州来住下了。

杭州这一个地方，有山有湖，还有文明的利器，儿童的学校，去上海也只有四个钟头的火车路程，住家原没有什么不合适。可是杭州一般的建筑物，实在太差，简直可以说没有一间合乎理想的住宅，旧式的房子呢，往往没有院子，顶多顶多也不过有一堆不大有意义的假山，和一条其实是只能产生蚊子的鱼池。所谓新式的房子呢，更加恶劣了，完全是上海弄堂洋房的抄袭，冬天住住，还可以勉强，一到夏天，就热得比蒸笼还要难受。而大抵的杭州住宅，都没有浴室的设备，公共浴场呢，又觉得不卫生而价贵。

所以自从迁到杭州来住后，对于住所的问题，更觉得切身地感到了。地皮不必太大，只教有半亩之宫，一亩之隙，就可以满足。房子亦不必太讲究，只须有一处可以登高望远的高楼，三间平屋就对。但是图书室、浴室、猫狗小舍、儿童游嬉之处、灶房，却不得不备。房子的四周，一定要有阔一点的回廊；房子的内部，更需要亮一点的光线。此外是四周的树木和院子里的草地了，草地中间的走路，总要用白沙来铺才好。四面若有邻舍的高墙，当然要种些爬山虎以掩去墙头，若系旷地，只须植一道矮矮的木栅，用黑色一涂就可以将就。门窗当一例以厚玻璃来做，屋瓦应先钉上铅皮，然后再覆以茅草。

照这样的一个计划来建筑房子，大约总要有二千元钱来买地皮，四千元钱来充建筑费，才有点儿希望。去年年底，在微醉之后，将这私愿对一位朋友说了一遍，今年他果然送给了我一块地，所以起楼台的基础，倒是有了。现在只在想筹出四千元钱的现款来建造那一所理想的住宅。胡思乱想的结果，在前两三个月里，竟发了疯，将烟钱酒钱省下了一半，去买了许多奖券；可是一回一回地买了几次，连末尾也不曾得过，而吃了坏烟坏酒的结果，身体却显然受了损害了。闲来无事，把这一番经过，对朋友一说，大家笑了一场之后，就都为我设计，说从前的人，曾经用过的最上妙法，是发自己的讣闻，其次是做寿，再其次是兜会。

可是为了一己的舒服，而累及亲戚朋友，也着实有点说不过去，近来心机一转，去买了些《芥子园》《三希堂》等画谱来，在开始学画了；原因是想靠了卖画，来造一所房子，万一画画，仍旧是不能吃饭,那么至少至少,我也可以画许多房子,挂在四壁,给我自己的想象以一顿醉饱,如饥者的画饼,旱天的画云霓。这一个计划,若不至于失败,我想在半年之后,总可以得到一点慰安。

春雨之夜

王统照

黄昏过了,阴沉沉的黑幕罩住了大地。虽有清朗月光,却被一层层灰云遮住,更显得这是一个幽沉、静美、萧条的春夜。

灯影被窗隙的微风拂着,只在白纱帏上一来一往地颤动。我正自拿了一本现代的英文新诗集,包桃林所作的一首,名"悲哀之夜",里面有几句是:

> 我听见落叶松林中如流水的声相近,
> 发出了耸动啊、静止啊,和那种摇音。
> 在寂寞的夜里,未眠之前,
> 我尽能听闻。

我口里重复念着,正在咀嚼那"寂寞之夜,未眠之前,我尽能听闻"几个字,仿佛这种文字里有浓厚味道一般。我便想寂寞之夜啊,今夕。……想到这里,不觉得便把很厚的一册洋装书掉在床上,原来有一种细微凄凉的声音,冲破了这个静境。那种声音打在窗纸上,流在树叶上,点滴在门外的菜畦边软而轻松的土壤上,都似奏着又静又轻妙的音乐,一声一声打着人们的心弦。起初还滴答滴答地散落作响,后来被阴夜的东风催着,一阵阵淅淅潇潇,却完成了这个寂寞的春雨之夜。

有这等轻灵凄咽的雨声,似是冲跑了寂寞;然而使人听了比静守着寂寞还要恐怖,还要感动!

和美的声音,容易触发人的深感,而幽凄的音响却难给人以愉乐的同情。幽凄的音啊,你怎么这样容易使人回思,使人想到那些微小的事实上去?这些事实,是深深地埋在人们的内心深处,永远,永远用血花包住没有凋萎的日期,一得了幽凄音响的滋润,便开了蓓蕾,放出悱恻醉人的芳香,不过这等思想的芳香却使人如嚼"谏果",从辛涩中得出甘苦的味道。

灯影依旧摇着,白纱的轻帏沙沙响动。一阵阵细雨声,使我重回到几年前的梦境。——八年前的梦境,或是虚伪的梦境?——脑中的幻想重重演出:荒野沉黑,轮声激动,细碎的雨点,打在玻璃窗上作清脆的音响。哦!又是一个别样的春雨之夜。

那夜是三月末的一夜,在一辆火车里,惨惨乱摇的灯光,映着这一连十数辆的客车,在荒郊中慢慢行去。那时不过晚上十点多钟,虽是春夜,却因在日落前下了一场雨,料峭东风,吹得车中人都打几个寒噤。车中的旅客也不多了。我那时靠在窗下,闭着眼睛,只是恨这天火车的轮机转动得太慢!雨中的汽笛声也非常沉闷,像哑了喉咙的老人拼命呼喊一样,越听得出车外雨声的清响。使人虽觉得精神沉闷,却只怨车开得慢,没有一点反感因为雨的来临。

我正想入睡,只是睡不着,忽有种亲切声音,由对面传来道:

"哦!你起来,……起来呀!看看有星星在天上了。"

我不由自主地睁眼向对面望去,原来是两个旅行的女子。一个大一些的,一身淡素,一看便知是个在中学的女学生。那个小姑娘也不过十三四岁,梳着两个辫子,右手持着一张时下流行的画报,左手却垫着腮颊,俯在那个女学生的身上,她肩窝一起一伏地像在那里哭泣。那个大几岁的,聪慧的面目上,也带着凄惶的样子!手里拿着没有织成的墨绿色绒织物,一边用手抚着小姑娘的柔发道:

"妹妹,……你不听见雨声小些了吗?今晚上,……待一会儿星光有了。明日啊,……我们就躺在母亲的床上。你忘了吗?母亲叫你画的那张水彩画,……我和你钉在母亲的镜台上面。……唉!你笑了吗?"

那位小姑娘果然站起来拭了拭泪痕,两只明黑的大眼望着姊姊。一会儿隔着车上的玻璃窗子,听听外面的雨声,便又似有什么欢喜的大事一般,两只手搭在她姊姊肩上,有自然的笑容。但是那位大几岁的女学生,浅灰色的衣襟前却已润湿了一大片。她只是呆望着摇动的灯光,弯弯的眉痕时而蹙起,时而放开,眼睛里一片红晕。一会儿抚着胸口装作咳嗽,像怕她妹妹知道;一会儿强拉着小姑娘的手,柔和地亲爱地和她低声轻谈。

雨声只是零零地不住。我看她们那样天真,忘了车轮转动的快慢,心头上有一种纯洁的感动!至于她们各人为什么不高兴,为什么烦恼,只有轻妙的雨声能知道吧!

雨声没停,车轮却转得快了。到了最后一站,我们便冒着雨,挟着行李,下了车。各人都带着冷缩疲倦的神情。这个站是个乡村商业的市镇,除了几十家工厂和铺店外,却没有什么人家。道路上石子沙土被雨水胶合在一起,又没有什么车辆,委实难行。我们这时只望有个屋子休憩,因为那时已近半夜,一日的旅行,加上春雨中的苦闷,确是疲劳不堪。于是我们这一个客车上的同行人,便被一家栈房邀去。他们有些人扛着行李急急地走去,我只是缓步寻思。

半夜的冷风,挟着雨丝从斜面里往人脸上打来。我在前面时时回头望那两位姑娘,还在后边。小几岁的紧紧倚在姊姊身侧,她姊姊挟着一个旅行用的皮囊,举起迟缓无力的脚步,紧蹙双眉,随着我们走来。这时去站不远,电灯光还可照见。

栈里的房子很多,我便同好多做工的人住在一间大屋子里。十二点了,一点了,雨声渐渐停止,唯有门前大树叶子上面的雨水时而流下来的微响,可以听得见。我翻来覆去兀是睡不宁帖,又觉得身上微微有点痛。屋内还燃着油灯,看看旁边那些工人都呼呼地睡得非常沉酣。雨后的夜里,愈显寂寞,窗外水道里听得出流水潺潺的声音,马棚中的蹄声过一会儿还蹴踏不已,我竭力想睡去,总睡不好。喔喔的鸡声啼了,天快晓了,荒村中的春雨之夜也将终了,方朦胧睡去。

第二天仍然阴云密布,没一线儿阳光。清晨的冷空气,使人有新鲜的感觉。我不能再迟延了,雇好马匹,要践着泥泞的道路走去。

我正在院子里徘徊着,看竹篱里萱花的绿长叶子,红黄花蕊,着了昨夜一场时雨,非常娇美。忽听得隔室里有女子呻吟的声音。那边室门开了,昨晚在雨中同车的那位大几岁的女学

生,微蓬着鬖发,立在门口。我看她的眼圈却红肿了。她一边望着阴沉的天色,一边带着吁气的口气向室内喊道:

"你不要着急,今天到家了!……到家了!母亲见我们回去就好了!你不要急得发烧,……啊!"

一片阳光

林徽因

放了假,春初的日子松弛下来。将午未午时候的阳光,橙黄的一片,由窗棂横浸到室内,晶莹地四处射。

我有点发怔,习惯地在沉寂中惊讶我的周围。我望着太阳那湛明的体质,像要辨别它那交织绚烂的色泽,追逐它那不着痕迹的流动。看它洁净地映到书桌上时,我感到桌面上平铺着一种恬静,一种精神上的豪兴,情趣上的闲逸;即或所谓"窗明几净",那里默守着神秘的期待,漾开诗的气氛。

那种静,在静里似可听到那一处淙淙的泉流,和着仿佛是断续的琴声,低诉着一个幽独者自误的音调。

看到这同一片阳光射到地上时,我感到地面上花影浮动,暗香吹拂左右，人随着晌午的光霭花气在变幻，那种动，柔谐婉转有如无声音乐，令人悠然轻快，不自觉地脱落伤愁。至多，在舒扬理智的客观里使我偶一回头，看看过去幼年记忆步履所留的残迹，有点儿惋惜时间；微微怪时间不能保存情绪，保存那一切情绪所曾流连的境界。

倚在软椅上不但奢侈，也许更是一种过失，有闲的过失。但东坡的辩护："懒者常似静，静岂懒者徒"，不是没有道理。如果此刻不倚榻上而"静"，则方才情绪所兜的小小圈子便无条件地失落了去！人家就不可惜它，自己却实在不能不感到这种亲密的损失的可哀。

就说它是情绪上的小小旅行吧，不走并无不可，不过走走也未始不是更好。归根说，我们活在这世上到底最珍惜一些什么？果真珍惜万物之灵的人的活动所产生的种种，所谓人类文化？这人类文化到底又靠一些什么？

我们怀疑或许就是人身上那一撮精神同机体的感觉，生理心理所共起的情感，所激发出的一串行为，所聚敛的一点智慧——那么一点点人之所以为人的表现。

宇宙万物客观的本无所可珍惜，反映在人性上的山川、草木、禽兽才开始有了秀丽，有了气质，有了灵犀。反映在人性上的人自己更不用说。没有人的感觉，人的情感，即便有自然，也就没有自然的美，质或神方面更无所谓人的智慧，人的创造，人的一切生活艺术的表现！

这样说来，谁该鄙弃自己感觉上的小小旅行？为壮壮自己胆子，我们更该相信唯其人类有这类情绪的驰骋，实际的世间才赓续着产生我们精神所寄托的文物精粹。

此刻我竟可以微微一咳嗽，乃至于用播音的圆润口调说：我们既然无疑地珍惜文化，即尊重盘古到今种种的艺术——无论是抽象的思想的艺术，或是具体的驾驭天然材料另创的非天然形象——则对于艺术所由来的渊源，那点点人的感觉，人的情感智慧（通称人的情绪），又当如何地珍惜才算合理？

但是情绪的驰骋，显然不是诗或画或任何其他艺术建造的完成。这驰骋此刻虽占了自己生活的若干时间，却并不在空间里占任何一个小小位置！这个情形自己需完全明了。

此刻它仅是一种无踪迹的流动，并无栖身的形体。它或含有各种或可捉摸的素质，但是好奇地探讨这个质素而具体要表现它的差事，无论其有无意义，除却本人外，别人是无能为力的。

我此刻为着一片清婉可喜的阳光，分明自己在对内心交流变化的各种联想发生一种兴趣的注意。换句话说，这好奇与兴趣的注意已是我此刻生活的活动。一种力量又迫着我来把握住这个活动，而设法表现它，这不易抑制的冲动，或即所谓艺术冲动也未可知！

只记得冷静的杜工部散散步，看看花，也不免会有"江上被花恼不彻，无处告诉只颠狂"的情绪上一片紊乱！玲珑煦暖的阳光照人面前，那美的感人力量就不减于花，不容我生硬地自己把情绪分划为有闲与实际的两种，而权其轻重，然后再决定取舍的。我也只有情绪上的一片紊乱。

情绪的旅行本是偶然的事，今天一开头并为着这片春初晌午的阳光，现在也还是为着它。房间内有两种豪侈的光常叫我的心绪紧张如同花开，趁着感觉的微风，深浅零乱于冷智的枝叶中间。一种是烛光，高高的台座，长垂的烛泪，熊熊红焰当帘幕四下时各处光影掩映。那种闪烁明艳，雅有古意，明明是画中景象，却含有更多诗的成分。另一种便是这初春晌午的阳光，到时候有意无意的大片子洒落满室，那些窗棂、栏板、几案、笔砚浴在光霭中，一时全成了静物图案；再有红蕊细枝点缀几处，室内更是轻香浮溢，叫人俯仰全触到一种灵性。

这种说法怕有点会发生误会，我并不说这片阳光射入室内，需要笔砚花香那些儒雅的托衬才能动人，我的意思倒是：室内顶寻常的一些供设，只要一片阳光这样又幽娴又洒脱地落在上面，一切都会带上另一种动人的气息。这里要说到我最初认识的一片阳光。那年我六岁，记得是刚刚出了水珠以后——水珠即寻常水痘，不过我家乡的话叫它做水珠。当时我很喜欢那美丽的名字，忘却它是一种病，因而也觉到一种神秘的骄傲。只要人过我窗口问问出"水珠"吗?我就感到一种荣耀。那个感觉至今还印在脑子里。也为这个缘故,我还记得病中奢侈的愉悦心境。

虽然同其他多次的害病一样,那次我仍然是孤独的被囚禁在一间房屋里休养的。那是我们老宅子里最后的一进房子,白粉墙围着小小院子,北面一排三间,当中夹着一个开敞的厅堂。我病在东头娘的卧室里。西头是婶婶的住房。娘同婶永远要在祖母的前院里行使她们女人们的职务的,于是我常是这三间房屋唯一留守的主人。

在那三间屋子里病着,那经验是难堪的。时间过得特别慢,尤其是在日中毫无睡意的时候。起初,我仅集注我的听觉在各种似脚步,又不似脚步的上面。猜想着,等候着,希望着人来。间或听听隔墙各种琐碎的声音,由墙基底下传达出来又消敛了去。过一会,我就不耐烦了——不记得是怎样的,我就趿着鞋,挨着木床走到房门边。房门向着厅堂斜斜地开着一扇,我便扶着门框好奇地向外探望。

那时大概刚是午后两点钟光景,一张刚开过饭的八仙桌,异常寂寞地立在当中。桌下一片由厅口处射进来的阳光,泄泄融融地倒在那里。一个绝对悄寂的周围伴着这一片无声的金色的晶莹,不知为什么,忽使我这个六岁孩子的心里起了一次极不平常的振荡。

　　那里并没有几案花香，美术的布置，只是一张极寻常的八仙桌。如果我的记忆没有错，那上面在不多时间以前，是刚陈列过咸鱼、酱菜一类极寻常俭朴的午餐的。小孩子的心却呆了。或许两只眼睛倒张大一点，四处地望，似乎在寻觅一个问题的答案。为什么那片阳光美得那样动人？

　　我记得我爬到房内窗前的桌子上坐着，有意无意地望望窗外，院里粉墙疏影同室内那片金色和煦绝然不同趣味。顺便我翻开手边娘梳妆用的旧式镜箱，又上下摇动那小排状抽屉，同那刻成花篮形小铜坠子，不时听雀跃过枝清脆的鸟语。心里却仍为那片阳光隐着一片模糊的疑问。

　　时间经过二十多年，直到今天，又是这样一泄阳光，一片不可捉摸，不可思议流动的而又恬静的瑰宝，我才明白我那问题是永远没有答案的。事实上仅是如此：一张孤独的桌，一角寂寞的厅堂，一只灵巧的镜箱，或窗外断续的鸟语和水珠——那美丽小孩子的病名——便凑巧永远同初春静沉的阳光，整整复斜斜地成了我回忆中极自然的联想。

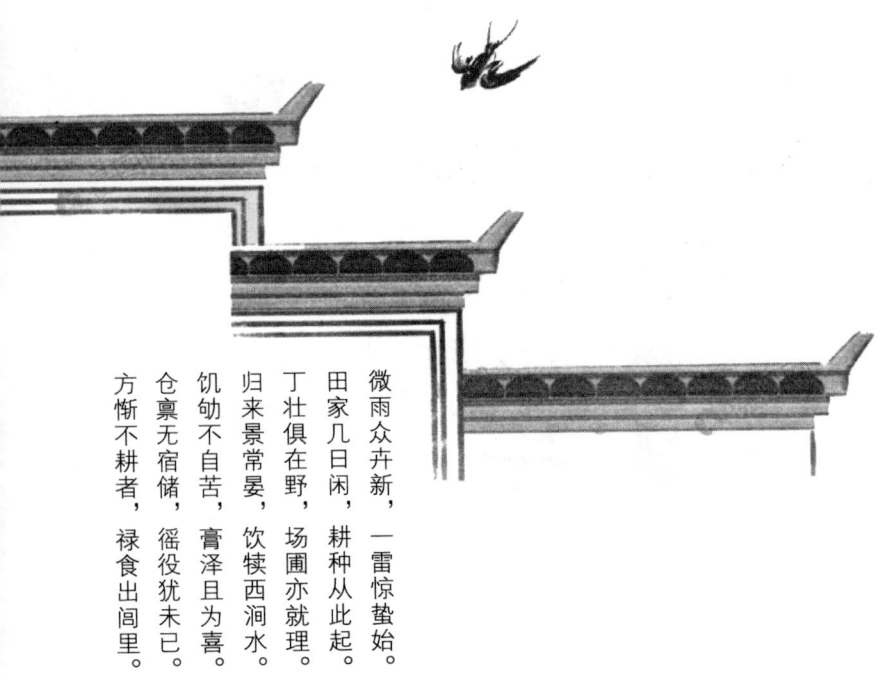

微雨众卉新,一雷惊蛰始。
田家几日闲,耕种从此起。
丁壮俱在野,场圃亦就理。
归来景常晏,饮犊西涧水。
饥劬不自苦,膏泽且为喜。
仓禀无宿储,徭役犹未已。
方惭不耕者,禄食出闾里。

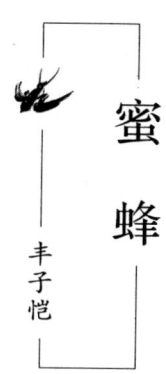

蜜蜂

丰子恺

正在写稿的时候,耳朵近旁觉得有"嗡嗡"之声,间以"得得"之声。因为文思正畅快,只管看着笔底下,无暇抬头来探究这是什么声音。然而"嗡嗡""得得",也只管在我耳旁继续作声,不稍间断。过了几分钟之后,它们已把我的耳鼓刺得麻木,在我似觉这是写稿时耳旁应有的声音,或者一种天籁,无须去探究了。

等到文章告一段落,我放下自来水笔,照例伸手向罐中取香烟的时候,我才举头看见这"嗡嗡""得得"之声的来源。原来有一只蜜蜂,向我案旁的玻璃窗上求出路,正在那里乱撞乱叫。

我以前只管自己的工作，不起来为它谋出路，任它乱撞乱叫到这许久时光，心中觉得有些抱歉。然而已经挨到现在，况且一时我也想不出怎样可以使它攒得出去的方法，也就再停一会儿，等到点着了香烟再说。

我一边点香烟，一旁观它的乱撞乱叫。我看它每一次攒，先飞到离玻璃一二寸的地方，然后直冲过去，把它的小头在玻璃上"得，得"地撞两下，然后沿着玻璃"嗡嗡"地向四处飞鸣。其意思是想在那里找一个出身的洞。也许不是找洞，为的是玻璃上很光滑，使它立脚不住，只得向四处乱舞。乱舞了一回之后，大概它悟到了此路不通，于是再飞开来，飞到离玻璃一二寸的地方，重整旗鼓，向玻璃的另一处地方直撞过去。因此"嗡嗡""得得"，一直继续到现在。

我看了这模样觉得非常可怜。求生活真不容易，只做一只小小的蜜蜂，为了生活也须碰到这许多钉子。我诅咒那玻璃，它一面使它清楚地看见窗外花台里含着许多蜜汁的花，以及天空中自由翱翔的同类，一面又周密地拦阻它，永远使它可望而不可即。这真是何等恶毒的东西！它又仿佛是一个骗子，把窗外的广大的天地和灿烂的春色给蜜蜂看，诱它飞来。等到它飞来了，却用一种无形的阻力拦住它，永不使它出头，或竟可使它撞死在这种阻力之下。

因了诅咒玻璃，我又羡慕起物质文明未兴时的幼年生活的诗趣来。我家祖母年年养蚕。每当蚕宝宝上山的时候，堂前装纸窗以防风。为了一双燕子常要出入，特地在纸窗上开一个碗来大的洞，当作燕子的门，那双燕子似乎通人意的，来去时自会把翼稍稍敛住，穿过这洞。这般情景，现在回想了使我何等憧憬！假如我案旁的窗不用玻璃而换了从前的纸窗，我们这蜜蜂总可攒得出去。即使撞两下，也是软软的，没有什么苦痛。求生活在从前容易得多，不但人类社会如此，连虫类社会也如此。

　　我点着了香烟之后就开始为它谋出路。但这是一件很不容易的事。叫它不要在这里钻，应该回头来从门里出去，它听不懂我的话。用手硬把它捉住了到门外去放，它一定误会我要害它，会用螯反害我，使我的手肿痛得不能工作。除非给它开窗；但是这扇窗不容易开，窗外堆叠着许多笨重的东西，须得先把这些东西除去，方可开窗。这些笨重的东西不是我一人之力所能除去的。

　　于是我起身来请同室的人帮忙，大家合力除去窗外的笨重的东西，好把窗开了，让我们这蜜蜂得到出路。但是同室的人大家不肯，他们说："我们做工都很疲倦了，哪有余力去搬重物而救蜜蜂呢？"我顿觉自己也很疲倦，没有搬这些重物的余力，救蜜蜂的事就成了问题。

　　忽然门里走进一个人来和我说话。为了不能避免的事，我立刻被他拉了一同出门去,就把蜜蜂的事忘却了。等到我回来的时候,这蜜蜂已不见。不知道是飞去了,被救了,还是撞杀了。

鸟和树

靳以

鸟的王国该是美丽的吧，不然怎样会引起那个老雅典人的憧憬？（这是希腊的喜剧家阿里斯多芬在他的剧作《鸟》中暗示给我们的）佛朗士又说到企鹅的国度，但是在真实的世界上哪一个角落里，有这样的国家呢？治理各国家的虽然也用两只脚支持他们的体重，可是他们既不能飞，又不能唱；但是他们是万能的人类中的万能者，承受万人的膜拜和爱戴，役使万人，也使万人成为孤寡。

使人类添加一分幸福一分喜悦的，该不是人类本身的事。清晨，窗外的鸟声就把我从烦苦的梦境中抓回来了，我张大了眼睛望不到；可是我的两只耳朵，全被那高低的鸣啭充盈了。

被露水洗清的高树，巨人般地站在我的窗前，使它的枝叶晃动的，该是那跳跃的，飞翔的大小的快乐的鸟呢？如果我有双羽翼，也该从窗口飞上枝头了。可惜我那喑哑低沉的音调，即使是一只鸟，也只好做一只不会歌唱的含羞的鸟。

是什么样的叫出那清越的高音，是什么样的叫得那么曲折婉转？是什么样的叫得那么短促那么急，更是什么样的叫得像猫，又像一支哀怨的洞箫？还有那快乐的，细碎的，忘却人间一切苦痛的，在为那不同的鸣叫击着轻松的拍子。以不同的心和不同的声音高啭低鸣的众鸟啊，都不过使这个世界更丰富些而已。

可是当我站到树的下面，以虔诚的心想来静聆它们的鸣叫，我的身影就使它们惊逃飞散了。这却使我看到它们华丽的羽毛，翠绿的，血红的，在蓝天的海上漂着，我极自然地心里说："山野间怎么能有这样好看的鸟！"——随即领悟到鸟对于人类的厌恶不是无端的了。

是的，人类惯于把一些樊笼和枷锁加在其他生物的身上或颈项上，只是为了自己的贪欲，所以鸟该是不爱人类的，可是它却爱树，那沉默的大树伸出枝叶去，障住了阳光，也遮住风雨，可以安置它的巢，也可以供它短暂的休憩。它站在山边，站在水旁，给远行人留下最后的深刻的影子；招致仓皇的归鸟，用残余的力量，迅速飞向枝头，它就是那么挺然地站着，那臃笨的身躯抵住风雨的摇撼，小小的鸟啊，在它的枝干间自在地跳跃。

  如果我是一株树啊，我要做一株高大粗壮的树，把我的顶际插入云端，把我的枝干伸向辽远。我要看得深远，当着太阳沉下去了，我用我的全心来迎接四方八面的失巢的小鸟，要它们全都栖息在我的枝干间，要它们全能从我的身上得着一份温暖，用我的汁液作为它们的养料，我还为它们抵挡风雨的侵蚀，我想那时候它们该真心爱我了，因为我已经不是那个属于使它们厌恶的人类中的，我失去了那份自私和贪鄙，为了小鸟的幸福我情愿肩起最辛苦最沉重的担子。

春的林野

许地山

春光在万山环抱里,更是泄露得迟。那里的桃花还是开着;漫游的薄云从这峰飞过那峰,有时稍停一会儿,为的是挡住太阳,叫地面的花草在它的荫下避避光焰的威吓。

岩下的荫处和山溪的旁边长满了薇蕨和其他凤尾草。红、黄、蓝、紫的小草花点缀在绿茵上头。

天中的云雀,林中的金莺,都鼓起它们的舌簧。轻风把它们的声音挤成一片,分送给山中各样有耳无耳的生物。桃花听得入神,禁不住落了几点粉泪,一片一片凝在地上。小草花听得大醉,也和着声音的节拍一会儿倒,一会儿起,没有镇定的时候。

林下一班孩子正在那里捡桃花的落瓣哪。他们捡着，清儿忽嚷起来，道："嘎，邕邕来了！"众孩子住了手，都向桃林的尽头盼望。果然邕邕也在那里摘草花。

　　清儿道："我们今天可要试试阿桐的本领了。若是他能办得到，我们都把花瓣穿成一串璎珞围在他身上，封他为大哥如何？"

　　众人都答应了。

　　阿桐走到邕邕面前，道："我们正等着你来呢。"

　　阿桐的左手盘在邕邕的脖子上，一面走一面说："今天他们要替你办嫁妆，叫你做我的妻子。你能做我的妻子么？"

　　邕邕狠视了阿桐一下，回头用手推开他，不许他的手再搭在自己脖子上。孩子们都笑得支持不住了。

　　众孩子嚷道："我们见过邕邕用手推人了！阿桐赢了！"

　　邕邕从来不会拒绝人，阿桐怎能知道一说那话，就能使她动手呢？是春光的荡漾，把他这种心思泛出来呢？或者，天地之心就是这样呢？

　　你且看：漫游的薄云还是从这峰飞过那峰。

　　你且听：云雀和金莺的歌声还布满了空中和林中。在这万山环抱的桃林中，除那班爱闹的孩子以外，万物把春光领略得心眼都迷蒙了。

北国的微音

郁达夫

　　北国的寒宵,实在是沉闷得很,尤其是像我这样的不眠症者,更觉得春夜之长。似水的流年,过去真快,自从海船上别后,匆匆又换了年头。以岁月计算,虽则不过隔了五个足月,然而回想起来,我同你们在上海的历史,好像是隔世的生涯,去今已有几百年的样子。河畔冰开,江南草长,虫鱼鸟兽,各有阳春发动之心,而自称为动物中之灵长,自信为人类中的有思想者的我,依旧是奄奄待毙,没有方法消度今天,更没有雄心欢迎来日。几日前头,有一位日本的新闻记者,来访我的贫居。他问我:"为什么要消沉到这个地步?"我问他:"你何以不消沉,要从东城跑许多路特来访我?"他说:"是为了职务。"我又问他："你的职务，是对谁的？"他说："我的职务，是对国家，对社会的。"我说："那么你就应该知道我的消沉也是对国家，对社会的。现在世上的国家是什么？社会是什么？尤其是我们中国？"他的来访的目的，本来是为问我对于日本对华文化事业的意见如何，中国将来的教育方针如何的——他之所以来访者，一则因为我在某校里教书，二则因为我在日本住过十多年，或者对于某种事项，略有心得的缘故——后来听了我这一段诡辩，他也把职务丢开，谈了许多无关紧要的闲话走了。他走之后，我一个人衔了纸烟想想，觉得人类社会的许多事情，毕竟是庸人自扰。什么国富兵强，什么和平共乐，都是一班野兽，于饱食之余，在暖梦里织出来的回文锦字。像我这样的生性，在我这样的境遇下的闲人，更有什么可想，什么可做呢？写到这里我又想起T君批评我的话来了，他说："某书的作者，嘲世骂俗，却落得一个牢骚派的美名。"实在我想T君的话，一点儿也不错。人若把我们的那些浅薄无聊的"徒然草"合在一处，加上一个牢骚派的名目，思欲抹杀而厌鄙之，倒反便宜了我们。因为我们的那些东西，本来是同身上的积垢、口中的吐气一样，不期然而然地发生表现出来的，哪里配称作牢骚，更哪里配称作派呢？我读到《歧路》，沫若，觉得你对于自家的艺术的虚视——这虚视两字，我也不知道妥当不妥当，或者用怀疑两字比较确切吧——也和我一样。不错不错，我这封信，是从友人宴会席上回来，读了《歧路》之后，拿起笔来写的。我写这一封信的动机，原是想和你们谈谈我对于《歧路》的感想的呀！

沫若！我觉得人生一切都是虚幻，真真实在的，只有你说的"凄切的孤单"，倒是我们人类从生到死味觉得到的唯一的一道实味。就是京沪报章上，为了金钱或者想建筑自家的名誉的缘故，在那里含了敌意，做文章攻击你的人，我仔细替他们一想，觉得他们也在感着这凄切的孤独。唯其感到孤独，所以他们只好做些文章来卖一点金钱，或者竟牺牲了你来博一点小小的名誉。毕竟他们还是人，还是我们的同类，这"孤单"的感觉，终究是逃不了的，所以他们的文章里最含恶意，攻击你最甚的处所，便是他们的孤独感表现得最贴切的地方。名利的争夺，欲牺牲他人而建立自己的恶心——简单点说，就说生存竞争吧——依我看来，都是由这"孤单"的感觉催发出来的。人生的实际，既不外乎这"孤单"的感觉，那么表现人生的艺术，当然也不外乎此，因此我近来对于艺术的意见和评价，都和从前不同了。我觉得艺术并没有十分可以推崇的地方，它和人生的一切，也没有什么特异有区别的地方。努力于艺术，献身于艺术，也不须有特别的表现。牢牢捉住了这"孤单"的感觉，细细地玩味，由它写成诗歌小说也好，制成音乐美术品也好，或者竟不写在纸上，不画在布上壁上，不雕在白石上，不奏在乐器上,什么也不表现出来,只叫他能够细细地玩味这"孤单"的感觉,便是绝好的"创造"。

仿吾!这一段无聊的废话,你看对不对?我在写这封信之先,刚从一位朋友处的宴会回来,席上遇见了许多在日本和你同科的自然科学家。他们都已经成了富者,现在是资本家了。我夹在这些衣狐裘者的老同学中间,当然觉得十分的孤独,然而看看他们挟了皮箧,奔走不宁的行动,好像他们也有些在觉得人生的孤寂的样子。我前边不是说过了么?唯其感到孤寂,所以要席不遑暖的去追求名利。然而究竟我不是他们,所以我这主观的推测,也许是错了的。

我现在因为抱有这一种感想,所以什么东西也写不下来,什么东西也不愿意拿来阅读。有时候要想玩味这"凄切的孤单",在日斜的午后,老跑出城外去独步。这里城外多是黄沙的田野,有几处也有清溪断壁,绝似日本郊外未开辟之先的代代木、新宿等处。不过这里一堆一堆的黄土小冢,和有钱的人家的白杨松树的坟茔很多,感视少微与日本不同一点。今晚在宴会的席上,在许多鸿儒谈笑的中间,我胸中的感觉,同在这样的白杨衰草的坟地里漫步时一样。不过有一点我觉得比从前进步了;从前我和境遇比我美满的朋友——实际上除你们几个人之外,哪一个境遇比我不美满?——相处,老要起一种感伤,有时竟会滴下泪来。现在非但眼泪不会滴下来,并且也能如他们一样地举起箸来取菜，提起杯来喝酒。不过从前的那一种喜欢谈话的冲动，现在没有了。他们入座，我也就座，他们吃菜，我也吃菜。劝我喝酒，我就喝，干杯就干杯。席散了，我就回来。雇车雇不着，就慢慢地在黄昏的街道上走。同席者的汽车马车，从我身边过去的时候，他们从车中和我点头，我也回点一头。他们不点头，我也让他们的车子过去，横竖是在后头跟走几步，他们的车子就可以老远的上我前头去的。所以无避入岔路上去的必要。还有一点和从前不同的地方，就是我默默地坐在那里，他们来要求我猜拳的时候，我总笑笑，摇摇头，举起杯来喝一杯酒，叫他们去要求坐在我下面的一个人猜。近来喝酒也喝不大醉，醉了也不过默默地走回家来坐坐，吸吸烟，倒点茶喝喝。今晚的宴会，散得很早，我回家来吸吸烟喝喝茶，觉得还睡不着，所以又拿出了周报的《歧路》来看。沫若！大卫生的诗，实在是做得不坏，不过你的几行诗，我也很喜欢念。你的小孩的那个两脚没有的洋囝，我说还是包包好，寄到日本去吧！回头他们去买一个新的时候，怕又要破费几角钱哩。

　　昨天一个朋友来说他读到《歧路》，真的眼泪出了。我劝他小心些，这句话不要说出来叫人家听见，恐怕有人要说他的眼泪不值钱。他说近来他也感染了一种感伤病，不晓得怎么的，感情好像回返小孩子时代去了。说到这里，他忽而眼圈又红了起来，叫了我一声："达夫！我……我可惜没有钱。"我也对他呆看了半晌，后来他一句话也不说，立起身来就走，我也默默地送他出门去了。(这样的朋友，上我这里来的很多。他们近来知道了我的脾气，来的时候，艺术也不谈了，我的几篇无聊的作品和周报季刊的事情也不提起了。有几次我们真有主客两人相对，默默而过半点钟的时候。像这样的 pause 的中间，我觉得我的精神上最感得满足。因为有客人在前头，我一时可以不被那一种独坐时常想出来的无聊的空虚思想所侵蚀，而一边这来客又不再言语，我的听取对话和预备回答的那些麻烦注意可以省去。)不过，沫若！我说你那一篇《歧路》写得很可惜，你若不写出来，你至少可以在那一种浓厚的孤独感里浸润好几天。现在写出了之后，我怕你的那一种"凄切的孤单"之感，要减少了吧？

仿吾！我说你还是保守着独身主义，不要想结婚的好！恐怕你若结了婚，一时要失掉你的这孤独之感。而这孤独之感，依我说来，便是艺术的酵素，或者竟可以说是艺术的本身。所以你若结了婚，怕一时要与艺术违离。讲到这里我怕你要反问我："那么你们呢？你和沫若呢？"是的，我和沫若是一时与艺术离异过的，不过现在我们已经恢复了原来的孤独罢了。

嗳！嗳！不知不觉，已经写到午前三点钟了。

仿吾！沫若！要想写的话，是写不完的，我迟早还是弄几个车钱到上海来一次吧！大约我在北京打算只住到六月，暑假以后，我怎么也要设法回浙江去实行我的乡居的宿愿。若是最近的时期中弄不到车钱，不能够到上海来，那么我们等六月里再见吧！

又是一年春草绿

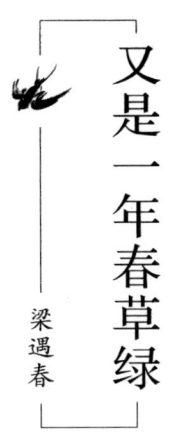

梁遇春

　　一年四季，我最怕的却是春天。夏的沉闷，秋的枯燥，冬的寂寞，我都能够忍受，有时还感到片刻的欣欢。灼热的阳光，憔悴的霜林，浓密的乌云，这些东西跟满目疮痍的人世是这么相称，真可算是这出永远演不完的悲剧的绝好背景。当个演员，同时又当个观客的我虽然心酸，看到这么美妙的艺术，有时也免不了陶然色喜，传出灵魂上的笑涡了。坐在炉边，听到呼呼的北风，一页一页翻阅一些畸零人的书信或日记，我的心境大概有点像人们所谓春的情调罢。可是一看到阶前草绿，窗外花红，我就感到宇宙的不调和，好像在弥留病人的塌旁听到少女的轻脆的笑声，不，简直好像参加婚礼时候听到凄楚的丧钟。

这到底是恶魔的调侃呢，还是垂泪的慈母拿几件新奇的玩物来哄临终的孩子呢？每当大地春回的时候，我常想起《哈姆雷特》里面那位姑娘戴着鲜花圈子，唱着歌儿，沉到水里去了。这真是莫大的悲剧呀，比哈姆雷特的命运还来得可伤，叫人们啼笑皆非，只好朦胧地徜徉于迷途之上，在谜的空气里度过鲜血染着鲜花的一生了。坟墓旁年年开遍了春花，宇宙永远是这样二元，两者错综起来，就构成了这个杂乱下劣的人世了。其实不单自然界是这样子安排颠倒遇颠连，人事也无非如此白莲与污泥相接，在卑鄙坏恶的人群里偏有些雪白晶清的魂，可是旷世的伟人又是三寸名心未死，落个白玉之玷了。天下有了伪君子，我们虽然亲眼看见美德，也不敢贸然去相信了；可是极无聊，极不堪的下流种子有时却磊落大方，一鸣惊人，情愿把自己牺牲了。席勒说："只有错误才是活的，真理只好算做个死东西罢了。"可见连抽象的境界里都不会有个称心如意的事情了。"可哀唯有人间世"，大概就是为着这个原因罢。

我是个常带笑脸的人，虽然心绪凄其的时候居多。可是我的笑并不是百无聊赖时的苦笑，假使人生单使我们觉得无可奈何，"独闭空斋画大圈"，那么这个世界也不值得一笑了。我的笑也不是世故老人的冷笑，忙忙扰扰的哀乐虽然尝过了不少，鬼鬼祟祟的把戏虽然也窥破了一二，我却总不拿这类下流的伎俩放在眼里，以为不值得尊称为世故的对象，所以不管我多么焦头烂额，立在这片瓦砾场中，我向来不屑对于这些加之以冷笑。我的笑也不是哀莫大于心死以后的狞笑。我现在最感到苦痛的就是我的心太活跃了，不知怎的，无论到哪儿去，总有些触目伤心，凄然泪下的意思，大有失恋与伤逝冶于一炉的光景，怎么还会狞笑呢。我的辛酸心境并不是年青人常有的那种累带诗意的感伤情调，那是生命之杯盛满后溅出来的泡花，那是无上的快乐呀，释迦牟尼佛所以会那么陶然，也就是为着他具了那个清风朗月的慈悲境界罢。走入人生迷园而不能自拔的我怎么会有这种的闲情逸致呢！我的辛酸心境也不是像丁尼生所说的"天下最沉痛的事情莫过于回忆起欣欢的日子"。这位诗人自己却又说道："曾经亲爱过，后来永诀了，总比绝没有亲爱过好多了。"我是没有过这么一度的鸟语花香，我的生涯好比没有绿洲的空旷沙漠，好比没有棕榈的热带国土，简直是挂着蛛网，未曾听过管弦声的一所空屋。我的辛酸心境更不是像近代仕女们脸上故意贴上的"黑点"，朋友们看到我微笑着道出许多伤心话，总是不能见谅，以为这些娓娓酸语无非拿来点缀风光，更增生活的妩媚罢了。"知己从来不易知"，其实我们也用不着这样苛求，谁敢说真知道了自己呢，否则希腊人也不必在神庙里刻上"知道你自己"那句话了。可是我就没有走过芳花缤纷的蔷薇的路，我只看见枯树同落叶；狂欢的宴席上排了一个白森森的人头固然可以叫古代的波斯人感到人生的悠忽而更见沉醉，骷髅搂着如花的少女跳舞固然可以使荒山上月光里的撒旦摇着头上的两角哈哈大笑，但是八百里的荆棘岭总不能算做愉快的旅程罢；梅花落后，雪月空明，当然是个好境界，可是牛山濯濯的峭壁上一年到底只有一阵一阵的狂风瞎吹着，那就会叫人思之欲泣了。这些话虽然言之过甚，缩小来看，也可以映出我这个无可为欢处的心境了。

　　在这个无时无地都有哭声回响着的世界里年年偏有这么一个春天；在这个满天澄蓝，泼地草绿的季节，毒蛇却也换了一套春装睡眼蒙眬地来跟人们作伴了，禁闭于层冰底下的秽气也随着春水的绿波传到情侣的身旁了。这些矛盾恐怕就是数千年来贤哲所追求的宇宙本质罢！蕞尔的我大概也分了一份上帝这笔礼物罢。笑涡里贮着泪珠儿的我活在这个乌云里夹着闪电，早上彩霞暮雨凄凄的宇宙里，天人合一，也可以说是无憾了，何必再去寻找那个无根的解释呢。"满眼春风百事非"，这般就是这般。

海燕

郑振铎

　　乌黑的一身羽毛,光滑漂亮,积伶积俐,加上一双剪刀似的尾巴,一对劲俊轻快的翅膀,凑成了那样可爱的活泼的一只小燕子。当春间二三月,轻飔微微地吹拂着,如毛的细雨无因的由天上洒落着,千条万条的柔柳,齐舒了它们的黄绿的眼,红的白的黄的花,绿的草,绿的树叶,皆如赶赴市集者似的奔聚而来,形成了烂漫无比的春天时,那些小燕子,那么伶俐可爱的小燕子,便也由南方飞来,加入了这个隽妙无比的春景的图画中,为春光平添了许多的生趣。小燕子带了它的双剪似的尾,在微风细雨中,或在阳光满地时,斜飞于旷亮无比的天空之上,叽的一声,已由这里稻田上,飞到了那边的高柳之下了。

再几只却隽逸地在潋潋如縠纹的湖面横掠着，小燕子的剪尾或翼尖，偶沾了水面一下，那小圆晕便一圈一圈地荡漾了开去。那边还有飞倦了的几对，闲散地憩息于纤细的电线上——嫩蓝的春天，几支木杆，几痕细线连于杆与杆间，线上是停着几个粗而有致的小黑点，那便是燕子，是多么有趣的一幅图画呀！还有一家家的快乐家庭，他们还特为我们的小燕子备了一个两个小巢，放在厅梁的最高处，假如这家有了一个匾额，那匾后便是小燕子最好的安巢之所。第一年，小燕子来住了，第二年，我们的小燕子，就是去年的一对，它们还要来住。

"燕子归来寻旧垒。"

还是去年的主，还是去年的宾，他们宾主间是如何地融融泄泄呀！偶然地有几家，小燕子却不来光顾，那便很使主人忧戚，他们邀召不到那么隽逸的嘉宾，每以为自己运命的蹇劣呢。

这便是我们故乡的小燕子，可爱的活泼的小燕子，曾使几多的孩子们欢呼着，注意着，沉醉着，曾使几多的农人们市民们忧戚着，或舒怀地指点着，且曾平添了几多的春色，几多的生趣于我们的春天的小燕子！

如今，离家是几千里！离国是几千里！托身于浮宅之上，奔驰于万顷海涛之间，不料却见着我们的小燕子。

这小燕子，便是我们故乡的那一对、两对么？便是我们今春在故乡所见的那一对、两对么？

见了它们，游子们能不引起了，至少是轻烟似的，一缕两缕的乡愁么？

海水是皎洁无比的蔚蓝色，海波是平稳得如春晨的西湖一样，偶有微风，只吹起了绝细绝细的千万个潾潾的小皱纹，这更使照晒于初夏之太阳光之下的、金光烂灿的水面显得温秀可喜。我没有见过那么美的海！天上也是皎洁无比的蔚蓝色，只有几片薄纱似的轻云，平贴于空中，就如一个女郎，穿了绝美的蓝色夏衣，而颈间却围绕了一段绝细绝轻的白纱巾。我没有见过那么美的天空！我们倚在青色的船栏上，默默地望着这绝美的海天；我们一点儿杂念也没有，我们是被沉醉了，我们是被带入晶天中了。

就在这时，我们的小燕子，二只，三只，四只，在海上出现了。它们仍是隽逸地从容地在海面上斜掠着，如在小湖面上一样；海水被它的似剪的尾与翼尖一打，也仍是连漾了好几圈圆晕。小小的燕子，浩莽的大海，飞着飞着，不会觉得倦么？不会遇着暴风疾雨么？我们真替它们担心呢！

小燕子却从容地憩着了。它们展开了双翼，身子一落，落在海面上了，双翼如浮圈似的支持着体重，活是一只乌黑的小水禽，在随波上下地浮着，又安闲，又舒适。海是它们那么安好的家，我们真是想不到。

在故乡，我们还会想象得到我们的小燕子是这样的一个海上英雄么?

　　海水仍是平贴无波,许多绝小绝小的海鱼,为我们的船所惊动,群向远处窜去;随了它们飞窜着,水面起了一条条的长痕,正如我们当孩子时之用瓦片打水漂在水面所划起的长痕。这小鱼是我们小燕子的粮食么?

　　小燕子在海面上斜掠着,浮憩着。它们果是我们故乡的小燕子么?

　　啊,乡愁呀,如轻烟似的乡愁呀!

小动物们

老舍

　　鸟兽们自由的生活着，未必比被人豢养着更快乐。据调查鸟类生活的专门家说，鸟啼绝不是为使人爱听，更不是以歌唱自娱，而是占据猎取食物的地盘的示威；鸟类的生活是非常的艰苦。兽类的互相残食是更显然的。这样，看见笼中的鸟，或柙中的虎，而替它们伤心，实在可以不必。可是，也似乎不必替它们高兴；被人养着，也未尽舒服。生命仿佛是老在魔鬼与荒海的夹缝儿，怎样也不好。

　　我很爱小动物们。我的"爱"只是我自己觉得如此；到底对被爱的有什么好处，不敢说。它们是这样受我的恩养好呢，还是自由的活着好呢？也不敢说。把养小动物们看成一种事实，我才敢说些关于它们的话。下面的述说，那么，只是为述说而述说。

先说鸽子。我的幼时，家中很贫。说出"贫"来，为是声明我并养不起鸽子；鸽子是种费钱的活玩艺儿。可是，我的两位姐丈都喜欢玩鸽子，所以我知道其中的一点儿故典。我没事儿就到两家去看鸽，也不短随着姐丈们到鸽市去玩；他们都比我大着二十多岁。我的经验既是这样来的，而且是幼时的事，恐怕说得不能很完全了；有好多鸽子名已想不起来了。

鸽的名样很多。以颜色说，大概应以灰、白、黑、紫为基本色儿。可是全灰全白全黑全紫的并不值钱。全灰的是楼鸽，院中撒些米就会来一群；物是以缺者为贵，楼鸽太普罗。有一种比楼鸽小，灰色也浅一些的，才是真正的"灰"；但也并不很贵重。全白的，大概就叫"白"吧，我记不清了。全黑的叫黑儿，全紫的叫紫箭，也叫猪血。

猪血们因为羽色单调，所以不值钱，这就容易想到值钱的必是杂色的。杂色的种类多极了，就我所知道的——并且为清楚起见——可以分作下列的四大类：点子、乌、环、玉翅。点子是白身腔，只在头上有手指肚大的一块黑，或紫；尾是随着头上那个点儿，黑或紫。这叫作黑点子或紫点子。乌与点子相近，不过是头上的黑或紫延长到肩与胸部。这叫黑乌或紫乌。这种又有黑翅的或紫翅的，名铁翅乌或铜翅乌——这比单是乌又贵重一些。还有一种，只有黑头或紫头，而尾是白的，叫作黑乌头或紫乌头；比乌的价钱要贱一些。刚才说过了，乌的头部的黑或紫毛是后齐肩，前及胸的。假若黑或紫毛只是由头顶到肩部，而前面仍是白的，这便叫作老虎帽，因为很像廿年前通行的风帽；这种确是非常的好看，因而价值也就很高。在民国初年，兴了一阵子蓝乌和蓝乌头，头尾如乌，而是灰蓝色儿的。这种并不好看，出了一阵子风头也就拉倒了。

环，简单的很：全白而项上有一黑圈者叫墨环；反之，全黑而项上有白圈者是玉环。此外有紫环，全白而项上有一紫环。"环"这种鸽似乎永远不大高贵。大概可以这么说，白尾的鸽是不易与黑尾或紫尾的相抗，因为白尾的飞起来不大美。

玉翅是白翅边的。全灰而有两白翅是灰玉翅；还有黑玉翅、紫玉翅。所谓白翅，有个讲究：翅上的白翎是左七右八。能够这样，飞起来才正好，白边儿不过宽，也不过窄。能生成就这样的，自然很少，所以鸽贩常常作假，硬插上一两根，或拔去些，是常有的事。这类中又有变种：玉翅而有白尾的，比如一只黑鸽而有左七右八的白翅翎，同时又是白尾，便叫作三块玉。灰的、紫的，也能这样。要是连头也是白的呢便叫作四块玉了。四块玉是比较有些价值的。

在这四大类之外，还有许多杂色的鸽。如鹤袖，如麻背，都有些价值，可不怎么十分名贵。在北平，差不多是以上述的四大类为主。新种随时有，也能时兴一阵，可都不如这四类重要与长远。

就这四大类说，紫的老比别的颜色高贵。紫色儿不容易长到好处，太深了就遭猪血之诮，太浅了又黄不唧的寒酸。况且还容易长"花了"呢，特别是在尾巴上，翎的末端往往露出白来，像一块癣似的，把整个尾巴就毁了。

紫以下便是黑，其次为灰。可是灰色如只是一点，如灰头、灰环，便又可贵了。

这些鸽中，以点子和乌为"古典的"。它们的价值似乎永远不变，虽然普通，可是老是鸽群之主。这么说吧，飞起四十只鸽，其中有过半的点子和乌，而杂以别种，便好看。反之，则不好看。要是这四十只都是点子，或都是乌，或点子与乌，便能有顶好的阵容。你几乎不能飞四十只环或玉翅。想想看吧：点子是全身雪白，而有个黑或紫的尾，飞起来像一群玲珑的白鸥；及至一翻身呢，那里或紫的尾给这轻洁的白衣一个色彩深厚的裙儿，既轻妙而又厚重。假若是太阳在西边，而东方有些黑云，那就太美了：白翅在黑云下自然分外的白了；一斜身儿呢，黑尾或紫尾——最好是紫尾——迎着阳光闪起一些金光来！点子如是，乌也如是。白尾巴的，无论长得多么体面，飞起来没这种美妙，要不怎么不大值钱呢。铁翅乌或铜翅乌飞起来特别的好看，像一朵花，当中一块白，前后左右都镶着黑或紫，它使人觉得安闲舒适。可是铜翅乌几乎永远不飞,飞不起,贱的也得几十块钱一对儿吧。玩鸽子是满天飞洋钱的事儿,洋钱飞起却是不如在手里牢靠的。

可是,鸽子的讲究儿不专在飞,正如女子出头露脸不专仗着能跑五十米。它得长得俊。先说头吧,平头或峰头(峰读如凤;也许就是凤,而不是峰)便决定了身价的高低。所谓峰头或凤头的,是在头上有一撮立着的毛;平头是光葫芦。自然凤头的是更美,也更贵。峰——或凤——不许有杂毛,黑便全黑,紫便全紫,搀着白的便不够派儿。它得大,而且要像个荷包似的向里包着。鸽贩常把峰的杂毛剔去,而且把不像荷包的收拾得像荷包。这样收拾好的峰,就怕鸽子洗澡,因为那好看的头饰是用胶粘的。

头最怕鸡头,没有脑杓儿,愣头磕脑的不好看。头须像算盘子儿,圆忽忽的,丰满。这样的头,再加上个好峰,便是标准美了。

眼,得先说眼皮。红眼皮的如害着眼病,当然不美。所以要强的鸽子得长白眼皮。宽宽的白眼皮,使眼睛显着大而有神。眼珠也有讲究,豆眼、隔棱眼,都是要不得的。可惜我离开鸽子们已念多年,形容不上来豆眼等是什么样子了;有机会到北平去住几天,我还能把它们想起来,到鸽市去两趟就行了。

嘴也很要紧。无论长得多么体面的鸽,来个长嘴,就算完了事。要不怎么，有的鸽虽然很缺少，而总不能名贵呢；因为这种根本没有短嘴的。鸽得有短嘴！厚厚实实的，小墩子嘴，才好看。

头部以外，就得论羽毛如何了。羽毛的深浅，色的支配，都有一定的。老虎帽的帽长到何处，虎头的黑或紫毛应到胸部的何处，都不能随便。出一个好鸽与出一个美人都是历史的光荣。

身的大小，随鸽而异。羽色单调一些的，像紫箭等，自然是越大越蠢，所以以短小玲珑为贵。像点子与乌什么的，个子大一点也不碍事。不过，嘴儿短，长得娇秀，自然不会发展得很粗大了，所以美丽的鸽往往是小个儿。

大个子的，长嘴儿的，可也有用处。大个子的身强力壮翅子硬，能飞，能尾上戴鸽铃，所以它们是空中的主力军。别的鸽子好看，可供地上玩赏；这些老粗儿们是飞起来才见本事，故尔也还被人爱。长翅儿也有用，孵小鸽子是它们的事：它们的嘴长，"喷"得好——小鸽不会自己吃东西，得由老鸽嘴对嘴的"喷"。再说呢，喷的时候，老的胸部羽毛便糙了；谁也不肯这么牺牲好鸽。好鸽下的蛋，总被人拿来交与丑鸽去孵，丑鸽本来不值钱，身上糙旧一点也没关系。要做鸽就得美呀，不然便很苦了。

有的丑鸽，仿佛知道自己的相貌不扬，便长点特别的本事以与美鸽竞争。有力气戴大鸽铃便是一例。可是有力气还不怎样新奇，所以有的能在空中翻跟头。会翻跟头的鸽在与朋友们一块飞起的时候，能飞着飞着便离群而翻几个跟头，然后再飞上去加入鸽群，然后又独自翻下来。这很好看，假若它是白色的，就好像由蓝空中落下一团雪来似的。这种鸽的身体很小，面貌可不见得美。它有个标帜，即在项上有一小撮毛儿，倒长着。这一撮倒毛儿好像老在那儿说："你瞧，我会翻跟头！"这种鸽还有个特点，脚上有毛儿，像诸葛亮的羽扇似的。一走，便扑喳扑喳的，很有神气。不会翻跟头的可也有时候长着毛脚。这类鸽多半是全灰全白或全黑的。羽毛不佳，可是有本事呢。

为养毛脚鸽，须盖灰顶的房，不要瓦。因为瓦的棱儿往往伤了毛脚而流出血来。

哎呀！我说"先说鸽子"，已经三千多字了，还没说完！好吧，下回接着说鸽子吧，假若有人爱听。我的题目《小动物们》，似乎也有加上个"鸽"的必要了。

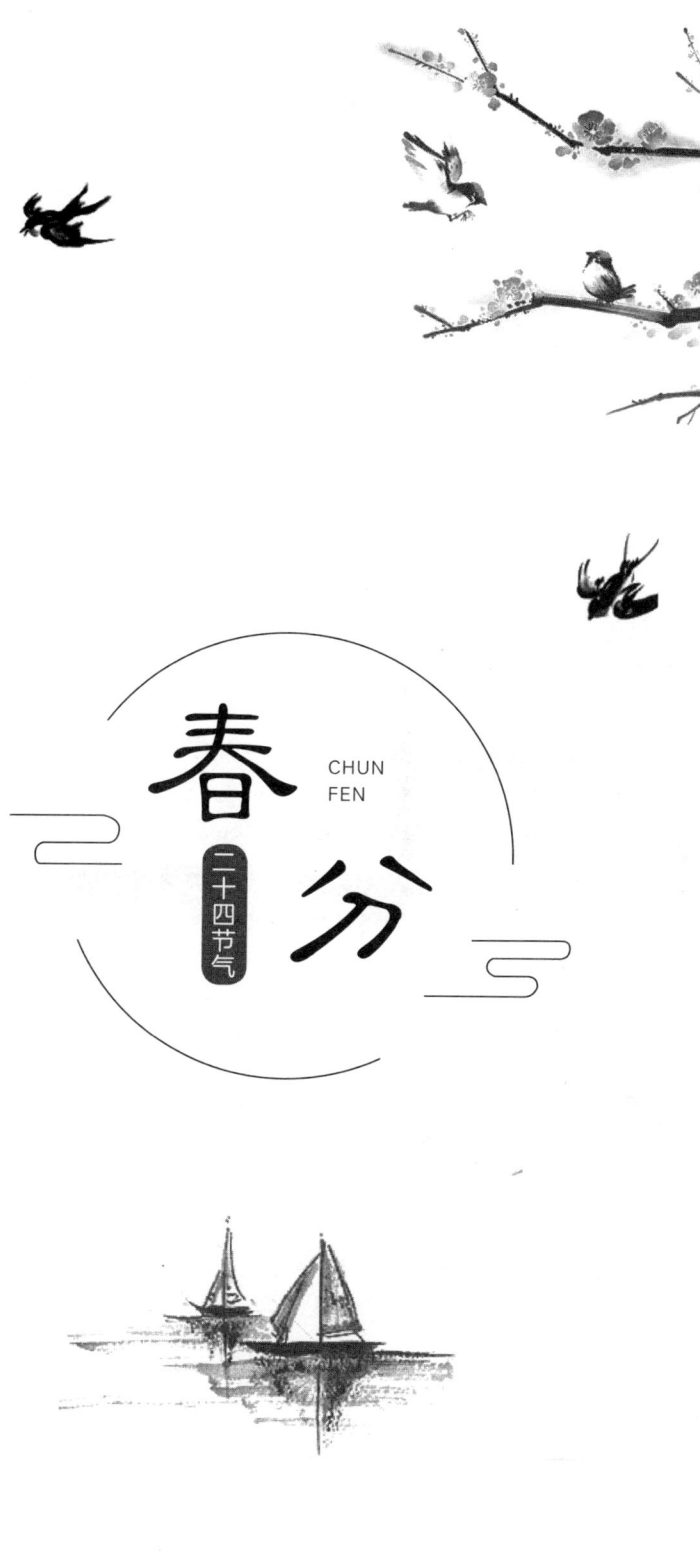

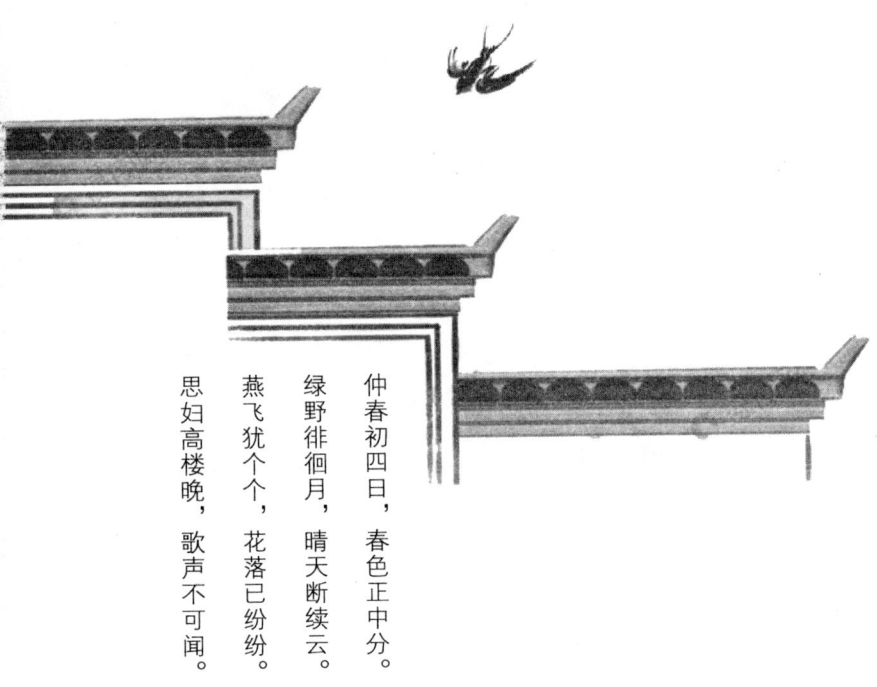

仲春初四日,春色正中分。
绿野徘徊月,晴天断续云。
燕飞犹个个,花落已纷纷。
思妇高楼晚,歌声不可闻。

春风

老舍

济南与青岛是多么不相同的地方呢！一个设若比作穿肥袖马褂的老先生，那一个便应当是摩登的少女。可是这两处不无相似之点。拿气候说吧，济南的夏天可以热死人，而青岛是有名的避暑所在；冬天，济南也比青岛冷。但是，两地的春秋颇有点相同。济南到春天多风，青岛也是这样；济南的秋天是长而晴美，青岛亦然。

对于秋天，我不知应爱哪里的：济南的秋是在山上，青岛的是在海边。济南是抱在小山里的；到了秋天，小山上的草色在黄绿之间，松是绿的，别的树叶差不多都是红与黄的。就是那没树木的山上，也增多了颜色——日影、草色、石层，三者能配合出种种的条纹，种种的影色。配上那光暖的蓝空，我觉到一种舒适安全，只想在山坡上似睡非睡的躺着，躺到永远。青岛的山——虽然怪秀美——不能与海相抗，秋海的波还是春样的绿，可是被清凉的蓝空给开拓出老远，平日看不见的小岛清楚的点在帆外。这远到天边的绿水使我不愿思想而不得不思想；一种无目的的思虑，要思虑而心中反倒空虚了些。济南的秋给我安全之感，青岛的秋引起我甜美的悲哀。我不知应当爱哪个。

两地的春可都被风给吹毁了。所谓春风，似乎应当温柔，轻吻着柳枝，微微吹皱了水面，偷偷地传送花香，同情地轻轻掀起禽鸟的羽毛。济南与青岛的春风都太粗猛。济南的风每每在丁香、海棠开花的时候把天刮黄，什么也看不见，连花都埋在黄暗中；青岛的风少一些沙土，可是狡猾，在已很暖的时节忽然来一阵或一天的冷风，把一切都送回冬天去，棉衣不敢脱，花儿不敢开，海边翻着愁浪。

两地的风都有时候整天整夜的刮。春夜的微风送来雁叫，使人似乎多些希望。整夜的大风，门响窗户动，使人不英雄的把头埋在被子里；即使无害，也似乎不应该如此。对于我，特别觉得难堪。我生在北方，听惯了风，可也最怕风。听是听惯了，因为听惯才知道那个难受劲儿。它老使我坐卧不安，心中游游摸摸的，干什么不好，不干什么也不好。它常常打断我的希望：听见风响，我懒得出门，觉得寒冷，心中渺茫。春天仿佛应当有生气，应当有花草，这样的野风几乎是不可原谅的！我倒不是个弱不禁风的人，虽然身体不很足壮。我能受苦，只是受不住风。别种的苦处，多少是在一个地方，多少有个原因，多少可以设法减除；对风是干没办法。总不在一个地方，到处随时使我的脑子晃动，像怒海上的船。它使我说不出为什么苦痛，而且没法子避免。它自由的刮，我死受着苦。我不能和风去讲理或吵架。单单在春天刮这样的风！可是跟谁讲理去呢？苏杭的春天应当没有这不得人心的风吧？我不准知道，而希望如此。好有个地方去"避风"呀！

梨花
许地山

她们还在园里玩，也不理会细雨丝丝穿入她们的罗衣。池边梨花的颜色被雨洗得更白净了，但朵朵都懒懒地垂着。

姊姊说："你看，花儿都倦得要睡了！"

"待我来摇醒他们。"

姊姊不及发言，妹妹的手早已抓住树枝摇了几下。花瓣和水珠纷纷地落下来，铺得银片满地，煞是好玩。

妹妹说："好玩啊，花瓣一离开树枝，就活动起来了！"

"活动什么？你看，花儿的泪都滴在我身上哪。"姊姊说这话时，带着几分怒气，推了妹妹一下。她接着说："我不和你玩了；你自己在这里罢。"

妹妹见姊姊走了，直站在树下出神。停了半晌，老妈子走来，牵着她，一面走着，说："你看，你的衣服都湿透了。在阴雨天，每日要换几次衣服，叫人到哪里找太阳给你晒去呢？"

落下来的花瓣，有些被她们的鞋印入泥中；有些粘在妹妹身上，被她带走；有些浮在池面，被鱼儿衔入水里。那多情的燕子不歇把鞋印上的残瓣和软泥一同衔在口中，到梁间去，构成它们的香巢。

窗

靳以

在记忆中，窗应该是灵魂上辉耀的点缀。可是当我幼年的时节，像是有些不同，我们当然不是生活在无窗的暗室里，那窗口也大着呢，但是隔着铁栏，在铁栏之外还是木条钉起扇样的护窗板，不但挡住大野的景物，连太阳也遮住了。那时我们正在一个学校里读书，真是像监牢一般地把我们关在里边，顽皮的孩子只有蹲在地上仰起头来才看到外边——那不过是一线青天而已！那时我们那么高兴地听着窗外的市声，甚至还回答窗外人的语言；可是那无情的木板挡住了一切，我们既看不出去，别人也看不进来。

就是在这情形之下，我们长着长着……当我们走出来的时候，五光十色使我们的眼睛晕眩了，一时张不开来，胆小的便又逃避般地跳回那间木屋里，情愿把自己关在那一无所见的陋室中；可是我们这些野生野长的孩子们，就做了一名勇敢的闯入者，终于冲到纷杂的人世中去了，凭着那股勇气，不顾一己的伤痛，毕竟能看了，能听了，也能说了。于是当我们再踱入那无窗的，遮住了窗的屋子里，我们就感觉到死一般的窒闷。

最使我喜悦的当然是能耸立在高高的山顶，极目四望，那山啊河啊的无非是小丘和细流，一切都收入眼底；整个的心胸全都敞开了，也还不能收容那广阔的天地。一声高啸，树叶的海都为那声音轻轻推动，刹时间，云涌雾滚，自己整个消失在白茫茫之中了，可是我并不慌张，还清楚地知道，仍是挺拔地站在峭峰之上。

可是现实生活却把我们安排在蠢蠢的人世里，我们不能超俗拔尘地活在云端，我们也只好是那些蠕蠕动着的人类之一，即使不想去触犯别人，别人也要来挤你的。用眼睛相瞪，用鼻子相哼，用嘴相斥——几乎都要到了用嘴相咬的地步了。

于是当我过了烦恼的一日，便走回我的房子。这时，一切该安静下来，为着从窗口泻进来的一片月光，我不忍开灯，便静静地坐到窗前，看看远近的山树，还有那日夜湍流的白花花的江水；若是一个无月夜呢，星星像智慧的种子，每一颗都向我闪着，好像都要跃入我灵魂的深处，我很忙碌地把它们迎入我的心胸。

每一个早晨，当我被梦烦苦够了，才一醒来，就伸手推开当头的窗，一股清新的气流随即淌进来了。于是我用手臂支着头，看出去，看到那被露水洗过的翠绿的叶子，还有那垂在叶尖的滚圆的水珠，鸣啭的鸟雀不但穿碎了那片阳光，还把水珠撞击下来，纷纷如雨似的落下去呢！也许有一只莽撞的鸟，从那不曾关闭的窗口飞了进来，于是带来那份自然的生气，它在我那屋顶上圈飞，终于有点慌张了，几次碰到壁角或是粉顶上，我虽然很为它担一份心，可是我也不能指引它一条路再回到那大自然的天地中。我的眼和心也为它匆忙着，它还有那份智巧，朝着流泻光亮的所在飞去，于是它又穿行在蓝天绿树的中间了。我再听不到那急促的鸣叫，有的是那高啭低鸣的万千种鸟的声音，我那么欢喜听，可是我看不见，我只知道少数的几种名字。还有那揉合了多少种的花草的香气，也尽自从窗口涌流进来，是的，我不能再那么懒睡在床上了，我霍地跳起来，也投身到窗外自由的世界中！

　　我知道人类是怎样爱好自然，爱好自由的天地，我还记得，当着病痛使我不得不把自己交给医生的时候，我像一只羊似的半躺在手术台上，更大的疼痛使我忘记我的病痛了，额间的汗珠不断地涨起来，左手抓着右手，我闭紧嘴，我听到刀剪在我的皮肉上剪割的声音，半呆的眼，却定定地望着迎面的大窗，花开了，叶子也绿了，白云无羁绊地飘着，"唉唉，"我心里叫着,"我为什么不是那只在枝上跳跃的小鸟呢?那我就不必受这些苦痛了!"

我渐渐也懂得那些被囚禁的信徒们的心,看到从那高高的窗口透进的一柱阳光,便合掌跪在地上,虔诚地以为那就是救主的灵应,大神的光辉,好像那受难的灵魂,便由此而得救似的。是的,他们已经被残暴的罗马君主拘捕了,把一些不该得的罪名全都堆在他们的身上,他们中的一些,早被丢给那凶猛的狮虎,他们只是生活在黑暗潮湿之中,忍住啜泣,泪淌到自己的心里,忽然那光降临了,也许突然间使他们睁不开眼,可是那只是刹那间的事,那是光啊,那是不死的希望啊,那是万能的上帝啊,于是他们自然而然地划着十字跪下去了,求神来接受他们那些纯洁的灵魂吧,他们深知,那被照亮了的灵魂,该永远也不会走上歧途,纵然他们明天也要追随他们同伴的路,丢给那些野兽,或是再加以更惨酷的刑罚,可是他们已经没有畏惧了,他们已经得到整个的拯救。他们把幸福交付给未来,他们眼睛一直望着遥远的所在,追随着光明向远飞去。

可是我并不曾得到拯救,我只有一颗不安定的心。我为每日的工作把背坐弯了,眼看花了,可是我还是在不安宁之中。当我抬起头来,我却得着解放。迎着我的那窗口仿佛是一个自然的镜框,于是我长长地喘了一口气,我的心又舒展开了。我的眼又明亮起来。我把窗外的景物装在我自然的镜框中。我摇动我的头部，因为我具有一份匠心，想把最好的景物装在那中间。我知道蓝天不该太多，也不能都被山撑满，绿色固然象征青春，可是一派树木也显得非常单调，终于我不得不站起来，于是蜿蜒的公路和日夜湍流的江也收在眼底了。我好好安排，在那黑暗的屋顶的上面有轻盈的炊烟，在那一片绿树之中，虽然没有花朵的点缀，却有经霜的乌桕；呆板的大山，却被一抹梦幻般的云雾拦腰围住，江水碧了，正好这时候没有汽车飞驰，公路只是沉静地躺在那里，夕阳又把这些景物罩上一层金光，使它更柔和，更幽美……我更看到了，在那小桥的边上，还有一株早开的桃花，这还是冬天呢，想不到温暖的风却吹绽了一树红桃。

跟着我像有所触悟似的打了一个寒战，我就急遽地摇去了那株桃花，因为我分明记得，在一个寒冷的早晨，我看到一些人埋葬他们冻死的同伴，就是在那株树下，他们挖了一个坑，那三个死去的人，竟完全和他们来到这个世界的时候一样，精光光的，被丢到那个坟里去了。没有一滴眼泪，没有一声叹息，那正是一个极冷的天，严霜把屋顶盖白了，树木变成淡绿的颜色，江水好像油一般地凝住了，芭蕉已经转成枯黑，死沉沉地垂萎下来！……

如今，水绿了，活泼地流着，枯死的芭蕉又冒出尖细的长叶，那些被埋在地下的人，却使那棵树早着了无数朵红花！想象着它也该早结成累累的果实，饱孕着血一般的汁液的果实，我不忍吃，我也不忍看，我已经急速地把它抛在我那自然的镜框之外了。

可是现在，我那自然的镜框只有一片黑暗，因为这正是夜晚，我已经伏案许久了，跳动的灯火使我的眼睛酸痛，我就放下笔，推开了窗，正是月半。该有一幅清明的夜景，不料乌云障住了整个的天，凡是发光的全都隐晦了，我万分失望，不愉快地摇着头，当我的头偏过去，我突然看到在那不注意的高角上，有一点红红的野火，那是烧在山顶上，却也映在水面。红茸茸的一团，高高地顶在峰尖，它好像不是摧毁万物的火，也不是博得美人一笑而使诸侯愤怒的火，也不是使罗马城化成灰烬，而引起暴君尼罗王的诗兴的火；它是那个普洛米修士从大神宙斯那里偷来送给人间的，它是那把光明撒给大地的火。

我尽顾书写，当我抬起头来，那火已经好像点在岭巅的一排明灯，使黑暗的天地顿时辉耀起来了。

呼兰河传（节选）

萧 红

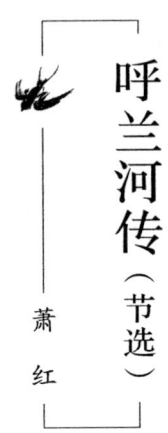

呼兰河这小城里边住着我的祖父。

我生的时候，祖父已经六十多岁了，我长到四五岁，祖父就快七十了。

我家有一个大花园，这花园里蜂子、蝴蝶、蜻蜓、蚂蚱，样样都有。蝴蝶有白蝴蝶、黄蝴蝶。这种蝴蝶极小，不太好看。好看的是大红蝴蝶，满身带着金粉。

蜻蜓是金的，蚂蚱是绿的，蜂子则嗡嗡地飞着，满身绒毛，落到一朵花上，胖圆圆的就和一个小毛球似的不动了。

花园里边明晃晃的，红的红，绿的绿，新鲜漂亮。

据说这花园，从前是一个果园。祖母喜欢吃果子就种了果园。祖母又喜欢养羊，羊就把果树给啃了。果树于是都死了。到我有记忆的时候，园子里就只有一棵樱桃树，一棵李子树，因为樱桃和李子都不大结果子，所以觉得它们是并不存在的。小的时候，只觉得园子里边就有一棵大榆树。

这榆树在园子的西北角上，来了风，这榆树先啸，来了雨，大榆树先就冒烟了。太阳一出来，大榆树的叶子就发光了，它们闪烁得和沙滩上的蚌壳一样了。

祖父一天都在后园里边，我也跟着祖父在后园里边。祖父戴一个大草帽，我戴一个小草帽，祖父栽花，我就栽花；祖父拔草，我就拔草。当祖父下种，种小白菜的时候，我就跟在后边，把那下了种的土窝，用脚一个一个地溜平，哪里会溜得准，东一脚地，西一脚地瞎闹。有的把菜种不单没被土盖上，反而把菜子踢飞了。

小白菜长得非常之快，没有几天就冒了芽了，一转眼就可以拔下来吃了。

祖父铲地，我也铲地；因为我太小，拿不动那锄头杆，祖父就把锄头杆拔下来，让我单拿着那个锄头的"头"来铲。其实哪里是铲，也不过爬在地上，用锄头乱勾一阵就是了。也认不得哪个是苗，哪个是草。往往把韭菜当作野草一起地割掉，把狗尾草当作谷穗留着。

等祖父发现我铲的那块满留着狗尾草的一片，他就问我：

"这是什么？"

我说："谷子。"

祖父大笑起来，笑得够了，把草摘下来问我：

"你每天吃的就是这个吗？"

我说："是的。"

我看着祖父还在笑，我就说：

"你不信，我到屋里拿来你看。"

我跑到屋里拿了鸟笼上的一头谷穗，远远地就抛给祖父了，说："这不是一样的吗？"

祖父慢慢地把我叫过去，讲给我听，说谷子是有芒针的。狗尾草则没有，只是毛嘟嘟的真像狗尾巴。

祖父虽然教我，我看了也并不细看，也不过马马虎虎承认下来就是了。一抬头看见了一个黄瓜长大了，跑过去摘下来，我又去吃黄瓜去了。

黄瓜也许没有吃完，又看见了一个大蜻蜓从旁飞过，于是丢了黄瓜又去追蜻蜓去了。蜻蜓飞得多么快，哪里会追得上。好在一开初也没有存心一定追上，所以站起来，跟了蜻蜓跑了几步就又去做别的去了。

采一个倭瓜花心,捉一个大绿豆青蚂蚱,把蚂蚱腿用线绑上,绑了一会,也许把蚂蚱腿就绑掉,线头上只拴了一只腿,而不见蚂蚱了。

玩腻了,又跑到祖父那里去乱闹一阵,祖父浇菜,我也抢过来浇,奇怪的就是并不往菜上浇,而是拿着水瓢,拼尽了力气,把水往天空里一扬,大喊着:

"下雨了,下雨了。"

太阳在园子里是特大的,天空是特别高的,太阳的光芒四射,亮得使人睁不开眼睛,亮得蚯蚓不敢钻出地面来,蝙蝠不敢从什么黑暗的地方飞出来。是凡在太阳下的,都是健康的、漂亮的,拍一拍连大树都会发响的,叫一叫就是站在对面的土墙都会回答似的。

花开了,就像花睡醒了似的。鸟飞了,就像鸟上天了似的。虫子叫了,就像虫子在说话似的。一切都活了。都有无限的本领,要做什么,就做什么。要怎么样,就怎么样。都是自由的。倭瓜愿意爬上架就爬上架,愿意爬上房就爬上房。

黄瓜愿意开一个黄花,就开一个黄花,愿意结一个黄瓜,就结一个黄瓜。若都不愿意,就是一个黄瓜也不结,一朵花也不开,也没有人问它。玉米愿意长多高就长多高,它若愿意长上天去,也没有人管。蝴蝶随意地飞,一会从墙头上飞来一对黄蝴蝶，一会又从墙头上飞走了一个白蝴蝶。它们是从谁家来的，又飞到谁家去？太阳也不知道这个。

只是天空蓝悠悠的，又高又远。

可是白云一来了的时候，那大团的白云，好像撒了花的白银似的，从祖父的头上经过，好像要压到了祖父的草帽那么低。

我玩累了，就在房子底下找个阴凉的地方睡着了。不用枕头，不用席子，就把草帽遮在脸上就睡了。

春风沉醉的晚上

郁达夫

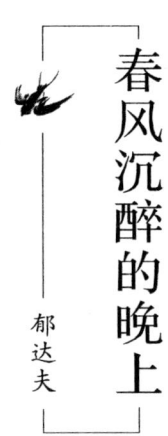

一

在沪上闲居了半年,因为失业的结果,我的寓所迁移了三处。最初我住在静安寺路南的一间同鸟笼似的永也没有太阳晒着的自由的监房里。这些自由的监房的住民,除了几个同强盗小窃一样的凶恶裁缝之外,都是些可怜的无名文士,我当时所以送了那地方一个 Yellow Grub Street 的称号。在这 Grub Street 里住了一个月,房租忽涨了价,我就不得不拖了几本破书,搬上跑马厅附近一家相识的栈房里去。后来在这栈房里又受了种种逼迫，不得不搬了，我便在外白渡桥北岸的邓脱路中间，日新里对面的贫民窟里，寻了一间小小的房间，迁移了过去。

邓脱路的这几排房子，从地上量到屋顶，只有一丈几尺高。我住的楼上的那间房间，更是矮小得不堪。若站在楼板上伸一伸懒腰，两只手就要把灰黑的屋顶穿通的。从前面的弄里踱进了那房子的门，便是房主的住房。在破布洋铁罐玻璃瓶旧铁器堆满的中间，侧着身子走近两步，就有一张中间有几根横档跌落的梯子靠墙摆在那里。用了这张梯子往上面的黑黝黝的一个二尺宽的洞里一接，即能走上楼去。黑沉沉的这层楼上，本来只有猫额那样大，房主人却把它隔成了两间小房，外面一间是一个N烟公司的女工住在那里，我所租的是梯子口头的那间小房，因为外间的住者要从我的房里出入，所以我的每月的房租要比外间的便宜几角小洋。

我的房主，是一个五十来岁的弯腰老人。他的脸上的青黄色里，映射着一层暗黑的油光。两只眼睛是一只大一只小，颧骨很高，额上颊上的几条皱纹里满砌着煤灰，好像每天早晨洗也洗不掉的样子。他每日于八九点钟的时候起来，咳嗽一阵，便挑了一双竹篮出去，到午后的三四点钟总仍旧是挑了一双空篮回来的；有时挑了满担回来的时候，他的竹篮里便是那些破布破铁器玻璃瓶之类。像这样的晚上，他必要去买些酒来喝喝，一个人坐在床沿上瞎骂出许多不可捉摸的话来。

我与间壁的同寓者的第一次相遇，是在搬来的那天午后。

春天的急景已经快晚了的五点钟的时候，我点了一支蜡烛，在那里安放几本刚从栈房里搬过来的破书。先把它们叠成了两个方堆，一堆小些，一堆大些，然后把两个二尺长的装画的画架覆在大一点的那堆书上。因为我的器具都卖完了，这一堆书和画架白天要当写字台，晚上可当床睡觉的。摆好了画架的板，我就朝着了这张由书叠成的桌子，坐在小一点的那堆书上吸烟，我的背自然朝着梯子的接口的。我一边吸烟，一边在那里呆看放在桌上的蜡烛火，忽而听见梯子口上起了响动。回头一看，我只见了一个自家的扩大的投射影子，此外什么也辨不出来，但我的听觉分明告诉我说："有人上来了。"我向暗中凝视了几秒钟，一个圆形灰白的面貌，半截纤细的女人的身体，方才映到我的眼帘上来。一见了她的容貌我就知道她是我的间壁的同居者了。因为我来找房子的时候，那房主的老人便告诉我说，这屋里除了他一个人外，楼上只住着一个女工。我一则喜欢房价的便宜，二则喜欢这屋里没有别的女人小孩，所以立刻就租定了的。等她走上了梯子，我才站起来对她点了点头说：

"对不起，我是今朝才搬来的，以后要请你照应。"

她听了我这话，也并不回答，放了一双漆黑的大眼，对我深深地看了一眼，就走上她的门口去开了锁，进房去了。我与她不过这样地见了一面，不晓是什么原因，我只觉得她是一个可怜的女子。她的高高的鼻梁，灰白长圆的面貌，清瘦不高的身体，好像都是表明她是可怜的特征，但是当时正为了生活问题在那里操心的我，也无暇去怜惜这还未曾失业的女工，过了几分钟我又动也不动地坐在那一小堆书上看蜡烛光了。

在这贫民窟里过了一个多礼拜，她每天早晨七点钟去上工和午后六点多钟下工回来，总只见我呆呆地对着了蜡烛或油灯坐在那堆书上。大约她的好奇心被我那痴不痴呆不呆的态度挑动了吧。有一天她下了工走上楼来的时候，我依旧和第一天一样地站起来让她过去。她走到了我的身边忽而停住了脚。看了我一眼，吞吞吐吐好像怕什么似的问我说：

"你天天在这里看的是什么书？"

（她操的是柔和的苏州音，听了这一种声音以后的感觉，是怎么也写不出来的，所以我只能把她的言语译成普通的白话。）

我听了她的话，反而脸上涨红了。因为我天天呆坐在那里，面前虽则有几本外国书摊着，其实我的脑筋昏乱得很，就是一行一句也看不进去。有时候我只用了想象在书的上一行与下一行中间的空白里，填些奇异的模型进去。有时候我只把书里边的插画翻开来看看，就了那些插画演绎些不近人情的幻想出来。我那时候的身体因为失眠与营养不良的结果，实际上已经成了病的状态了。况且又因为我的唯一的财产一件棉袍子已经破得不堪，白天不能走出外面去散步和房里全没有光线进来，不论白天晚上，都要点着油灯或蜡烛的缘故，非但我的全部健康不如常人，就是我的眼睛和脚力，也局部地非常萎缩了。在这样状态下的我，听了她这一问，如何能够不红起脸来呢？所以我只是含含糊糊地回答说：

"我并不在看书，不过什么也不做呆坐在这里，样子一定不好看，所以把这几本书摊放着的。"

她听了这话，又深深地看了我一眼，作了一种不解的形容，依旧地走到她的房里去了。

那几天里，若说我完全什么事情也不去找，什么事情也不曾干，却是假的。有时候，我的脑筋稍微清晰一点，也曾译过几首英法的小诗，和几篇不满四千字的德国的短篇小说，于晚上大家睡熟的时候，不声不响地出去投邮，再寄投给各新开的书局。因为当时我的各方面就职的希望，早已经完全断绝了，只有这一方面，还能靠了我的枯燥的脑筋，想想法子看。万一中了他们编辑先生的意，把我译的东西登了出来，也不难得着几块钱的酬报。所以我自迁移到邓脱路以后，当她第一次同我讲话的时候，这样的译稿已经发出了三四次了。

二

在乱昏昏的上海租界里住着，四季的变迁和日子的过去是不容易觉得的。我搬到了邓脱路的贫民窟之后，只觉得身上穿的那件破棉袍子一天一天地重了起来，热了起来，所以我心里想：

"大约春光也已经老透了吧！"

但是囊中很羞涩的我，也不能上什么地方去旅行一次，日夜只是在那暗室的灯光下呆坐。在一天大约是午后了，我也是这样地坐在那里，间壁的同住者忽而手里拿了两包用纸包好的物件走了上来，我站起来让她走的时候，她把手里的纸包放了一包在我的书桌上说：

"这一包是葡萄浆的面包，请你收藏着，明天好吃的。另外我还有一包香蕉买在这里，请你到我房里来一道吃吧！"

我替她拿住了纸包，她就开了门邀我进她的房里去。共住了这十几天，她好像已经信用我是一个忠厚的人的样子。我见她初见我的时候脸上流露出来的那一种疑惧的形容完全没有了。我进了她的房里，才知道天还未暗，因为她的房里有一扇朝南的窗，太阳反射的光线从这窗里投射进来，照见了小小的一间房，由二条板铺成的一张床，一张黑漆的半桌，一只板箱，和一条圆凳。床上虽则没有帐子，但堆着有两条洁净的青布被褥。半桌上有一只小洋铁箱摆在那里，大约是她的梳头器具，洋铁箱上已经有许多油污的点子了。她一边把堆在圆凳上的几件半旧的洋布棉袄、粗布裤等收在床上，一边就让我坐下。我看了她那殷勤待我的样子，心里倒不好意思起来，所以就对她说：

"我们本来住在一处，何必这样地客气。"

"我并不客气，但是你每天当我回来的时候，总站起来让我，我却觉得对不起得很。"

这样地说着，她就把一包香蕉打开来让我吃。她自家也拿了一只，在床上坐下，一边吃一边问我说：

"你何以只住在家里，不出去找点事情做做？"

"我原是这样地想，但是找来找去总找不着事情。"

"你有朋友么？"

"朋友是有的，但是到了这样的时候，他们都不和我来往了。"

"你进过学堂么？"

"我在外国的学堂里曾经念过几年书。"

"你家在什么地方？何以不回家去？"

她问到了这里，我忽而感觉到我自己的现状了。因为自去年以来，我只是一日一日地萎靡下去，差不多把"我是什么人？""我现在所处的是怎么一种境遇？""我的心里是悲还是喜？"这些观念都忘掉了。经她这一问，我重新把半年来困苦的情形一层一层地想了出来。所以听她的问话以后，我只是呆呆地看她，半晌说不出话来。她看了我这个样子，以为我也是一个无家可归的流浪人，脸上就立时起了一种孤寂的表情，微微地叹着说：

"唉！你也是同我一样的么？"

微微地叹了一声之后，她就不说话了。我看她的眼圈上有些潮红起来，所以就想了一个另外的问题问她说：

"你在工厂里做的是什么工作？"

"是包纸烟的。"

"一天做几个钟头工？"

"早晨七点钟起，晚上六点钟止，中午休息一个钟头，每天一共要做十个钟头的工。少做一点钟就要扣钱的。"

"扣多少钱？"

"每月九块钱，所以是三块钱十天，三分大洋一个钟头。"

"饭钱多少？"

"四块钱一月。"

"这样算起来，每月一个钟点也不休息，除了饭钱，可省下五块钱来。够你付房钱买衣服的么？"

"哪里够呢！并且那管理人要……啊啊！……我……我之所以非常恨工厂的。你吃烟的么？"

"吃的。"

"我劝你最好还是不吃。就吃也不要去吃我们工厂的烟。我真恨死它在这里。"

我看看她那一种切齿怨恨的样子，就不愿意再说下去。把手里捏着的半个吃剩的香蕉咬了几口，向四边一看，觉得她的房里也有些灰黑了，我站起来道了谢，就走回到了我自己的房里。她大约做工倦了的缘故，每天回来大概是马上就入睡的，只有这一晚上，她在房里好像是直到半夜还没有就寝。从这一回之后，她每天回来，总和我说几句话。我从她自家的口里听得，知道她姓陈，名叫二妹，是苏州东乡人，从小系在上海乡下长大的。她父亲也是纸烟工厂的工人，但是去年秋天死了。她本来和她父亲同住在那间房里，每天同上工厂去的，现在却只剩了她一个人了。她父亲死后的一个多月，她早晨上工厂去也一路哭了去，晚上回来也一路哭了回来的。她今年十七岁，也无兄弟姊妹，也无近亲的亲戚。她父亲死后的葬殓等事，是他于未死之前把十五块钱交给楼下的老人，托这老人包办的。她说：

"楼下的老人倒是一个好人，对我从来没有起过坏心，所以我得同父亲在日一样地去做工，不过工厂的一个姓李的管理人却坏得很，知道我父亲死了，就天天地想戏弄我。"

她自家和她父亲的身世，我差不多全知道了，但她母亲是如何的一个人？死了呢还是活在哪里？假使还活着，住在什么地方？等等，她却从来还没有说及过。

三

天气好像变了。几日来我那独有的世界，黑暗的小房里的腐浊的空气，同蒸笼里的蒸气一样，蒸得人头昏欲晕，我每年在春夏之交要发的神经衰弱的重症，遇了这样的气候，就要使我变成半狂。所以我这几天来，到了晚上，等马路上人静之后，也常常走出去散步去。一个人在马路上从狭隘的深蓝天空里看看群星，慢慢地向前行走，一边做些漫无涯涘的空想，倒是于我的身体很有利益。当这样的无可奈何，春风沉醉的晚上，我每要在各处乱走，走到天将明的时候才回家里。我这样地走倦了回去就睡，一睡直可睡到第二天的日中，有几次竟要睡到二妹下工回来的前后方才起来。睡眠一足，我的健康状态也渐渐地恢复起来了。平时只能消化半磅面包的我的胃部，自从我的深夜游行的练习开始之后，进步得几乎能容纳面包一磅了。这事在经济上虽则是一大打击，但我的脑筋，受了这些滋养，似乎比从前稍能统一。我于游行回来之后，就睡之前，却做成了几篇 Allan Poe 式的短篇小说，自家看看，也不很坏。我改了几次,抄了几次,一一投邮寄出之后,心里虽然起了些微细的希望,但是想想前几回的译稿的绝无消息,过了几天,也便把它们忘了。

邻住者的二妹,这几天来,当她早晨出去上工的时候,我总在那里酣睡,只有午后下工回来的时候,有几次有见面的机会,但是不晓是什么原因,我觉得她对我的态度,又回到从前初见面的时候的疑惧状态去了。有时候她深深地看我一眼,她的黑晶晶、水汪汪的眼睛里,似乎是满含着责备我、规劝我的意思。

我搬到这贫民窟里住后,约莫已经有二十多天的样子,一天午后我正点上蜡烛,在那里看一本从旧书铺里买来的小说的时候,二妹却急急忙忙地走上楼来对我说:

"楼下有一个送信的在那里,要你拿了印子去拿信。"

她对我讲这话的时候,她的疑惧我的态度更表示得明显,她好像在那里说:"呵呵!你的事件是发觉了啊!"我对她这种态度,心里非常痛恨,所以就气急了一点,回答她说:

"我有什么信?不是我的!"

她听了我这气愤愤的回答,更好像是得了胜利似的,脸上忽涌出了一种冷笑说:

"你自家去看吧!你的事情,只有你自家知道的!"

同时我听见楼底下门口果真有一个邮差似的人在催着说:

"挂号信！"

我把信取来一看，心里就突突地跳了几跳，原来我前回寄去的一篇德文短篇的译稿，已经在某杂志上发表了，信中寄来的是五元钱的一张汇票。我囊里正是将空的时候，有了这五元钱，非但月底要预付的来月的房金可以无忧，并且付过房金以后，还可以维持几天食料。当时这五元钱对我的效用的广大，是谁也不能推想得出来的。

第二天午后，我上邮局去取了钱，在太阳晒着的大街上走了一会儿，忽而觉得身上就淋出了许多汗来。我向我前后左右的行人一看，复向我自家的身上一看，就不知不觉地把头低俯了下去。我颈上头上的汗珠，更同盛雨似的，一颗一颗地钻出来了。因为当我在深夜游行的时候，天上并没有太阳，并且料峭的春寒，于东方微白的残夜，老在静寂的街巷中留着，所以我穿的那件破棉袍子，还觉得不十分与季节违异。如今到了阳和的春日晒着的这日中，我还不能自觉，依旧穿了这件夜游的敝袍，在大街上阔步，与前后左右的和节季同时进行的我的同类一比，我哪得不自惭形秽呢？我一时竟忘了几日后不得不付的房金，忘了囊中本来将尽的些微的积聚，便慢慢地走上了闸路的估衣铺去。好久不在天日之下行走的我，看看街上来往的汽车人力车，车中坐着的华美的少年男女，和马路两边的绸缎铺金银铺窗里的丰丽的陈设，听听四面的同蜂衙似的嘈杂的人声、脚步声、车铃声，一时倒也觉得是身到了大罗天上的样子。我忘记了我自家的存在，也想和我的同胞一样地欢歌欣舞起来，我的嘴里便不知不觉地唱起几句久忘了的京调来了。这一时的涅槃幻境，当我想横越过马路，转入闸路去的时候，忽而被一阵铃声惊破了。我抬起头来一看，我的面前正冲来了一乘无轨电车，车头上站着的那肥胖的机械手，伏出了半身，怒目地大声骂我说：

"猪头三！侬（你）艾（眼）睛勿散（生）咯！跌杀时，叫旺（黄）够（狗）来抵侬（你）命噢！"

我呆呆地站住了脚，目送那无轨电车尾后卷起了一道灰尘，向北过去之后，不知是从何处发出来的感情，忽而竟禁不住哈哈哈哈地笑了几声。等得四面的人注视我的时候，我才红了脸慢慢地走向了闸路里去。

我在几家估衣铺里，问了些夹衫的价钱，还了他们一个我所能出的数目。几个估衣铺的店员，好像是一个师父教出的样子，都摆下了脸面，嘲弄着说：

"侬（你）寻萨咯（什么）凯（开心）！马（买）勿起好勿要马（买）咯！"

一直问到五马路边上的一家小铺子里，我看看夹衫是怎么也买不成了，才买定了一件竹布单衫，马上就把它换上。手里拿了一包换下的棉袍子，默默地走回家来。一边我心里却在打算：

"横竖是不够用了，我索性来痛快地用它一下吧。"同时我又想起了那天二妹送我的面包香蕉等物。不等第二次的回想，我就寻着了一家卖糖食的店，进去买了一块巧克力、香蕉糖、鸡蛋糕等杂食。站在那店里，等店员在那里替我包好来的时候，我忽而想起我有一月多不洗澡了，今天不如顺便也去洗一个澡吧。

洗好了澡，拿了一包棉袍子和一包糖食，回到邓脱路的时候，马路两旁的店家，已经上电灯了。街上来往的行人也很稀少，一阵从黄浦江上吹来的日暮的凉风，吹得我打了几个冷噤。我回到了我的房里，把蜡烛点上。向二妹的房门一照，知道她还没有回来。那时候我腹中虽则饥饿得很，但我刚买来的那包糖食怎么也不愿意打开来。因为我想等二妹回来同她一道吃。我一边拿出书来看，一边口里尽在咽唾液下去。等了许多时候，二妹终不回来，我的疲倦不知什么时候来战胜了我，就靠在书堆上睡着了。

四

二妹回来的响动把我惊醒的时候，我见我面前的一支十二盎司一包的洋蜡烛已经点去了二寸的样子，我问她是什么时候了！她说：

"十点的汽管刚刚放过。"

"你何以今天回来得这样迟？"

"厂里因为销路大了，要我们做夜工。工钱是增加的，不过人太累了。"

"那你可以不去做的。"

"但是工人不够，不做是不行的。"

她讲到这里，忽而滚了两粒眼泪出来，我以为她是做工做得倦了，故而动了伤感，一边心里虽在可怜她，但一边看她这同小孩似的脾气，却也感着了些儿快乐。把糖食包打开，请她吃了几个之后，我就劝她说：

"初做夜工的时候不惯，所以觉得困倦，做惯了以后，也没有什么的。"

她默默地坐在我的半高的由书叠成的桌上，吃了几个巧克力，对我看了几眼，好像是有话说不出来的样子。我就催她说：

"你有什么话说？"

她又沉默了一会儿，便断断续续地问我说：

"我……我……早想问你了，这几天晚上，你每晚在外边，可在与坏人作伙友么？"

我听了她这话，倒吃了一惊，她好像在疑我天天晚上在外面与小窃恶棍混在一块。她看我呆了不答，便以为我的行为真的被她看破了，所以就柔柔和和地连续着说：

"你何苦要吃这样好的东西，要穿这样好的衣服？你可知道这事情是靠不住的。万一被人家捉了去，你还有什么面目做人。过去的事情不必去说它，以后我请你改过了吧。……"

我尽是睁大了眼睛张大了嘴呆呆地在看她，因为她的思想太奇突了，使我无从辩解起。她沉默了数秒钟，又接着说：

"就以你吸的烟而论，每天若戒绝了不吸，岂不可省几个铜子。我早就劝你不要吸烟，尤其是不要吸那我所痛恨的 N 工厂的烟，你总是不听。"

她讲到了这里，又忽而落了几滴眼泪。我知道这是她为怨恨 N 工厂而滴的眼泪，但我的心里，怎么也不许我这样地想，我总要把它们当作因规劝我而洒的。我静静地想了一会儿，等她的神经镇静下去之后，就把昨天的那封挂号信的来由说给她听，又把今天的取钱买物的事情说了一遍，最后更将我的神经衰弱症和每晚何以必要出去散步的原因说了。她听了我这一番辩解，就信用了我，等我说完之后，她颊上忽而起了两点红晕，把眼睛低下去看着桌上，好像是怕羞似的说：

"噢，我错怪你了，我错怪你了。请你不要多心，我本来是没有歹意的。因为你的行为太奇怪了，所以我想到了邪路里去。你若能好好地用功，岂不是很好么？你刚才说的那——叫什么的——东西，能够卖五块钱，要是每天能做一个，多么好呢？"

我看了她这种单纯的态度，心里忽而起了一种不可思议的感情，我想把两只手伸出去拥抱她一回，但是我的理性却命令我说：

"你莫再作孽了！你可知道你现在处的是什么境遇，你想把这纯洁的处女毒杀了么？恶魔，恶魔，你现在是没有爱人的资格的呀！"

我当那种感情起来的时候，曾把眼睛闭上了几秒钟，等听了理性的命令以后，我的眼睛又开了开来，我觉得我的周围，忽而比前几秒钟更光明了。对她微微地笑了一笑，我就催她说：

"夜也深了，你该去睡了吧！明天你还要上工去的呢！我从今天起，就答应你把纸烟戒下来吧。"

她听了我这话，就站了起来，很喜欢地回到她的房里去睡了。

她去之后，我又换上一支洋蜡烛，静静地想了许多事情：

"我的劳动的结果，第一次得来的这五块钱已经用去了三块了。连我原有的一块多钱合起来，付房钱之后，只能省下二三角小洋来，如何是好呢！

"就把这破棉袍子去当吧！但是当铺里恐怕不要。

"这女孩子真是可怜，但我现在的境遇，可是还赶她不上，她是不想做工而工作要强迫她做，我是想找一点工作，终于找不到。

"就去做筋肉的劳动吧！啊啊，但是我这一双弱腕，怕吃不下一部黄包车的重力。

"自杀！我有勇气，早就干了。现在还能想到这两个字，足证我的志气还没有完全消磨尽哩！

"哈哈哈哈！今天的那无轨电车的机器手！他骂我什么来？

"黄狗，黄狗倒是一个好名词……"

…………

我想了许多零乱断续的思想，终究没有一个好法子，可以救我出目下的穷状来。听见工厂的汽笛，好像在报十二点钟了，我就站了起来，换上了白天那件破棉袍子，仍复吹熄了蜡烛，走出外面去散步去。

贫民窟里的人已经睡眠静了。对面日新里的一排临邓脱路的洋楼里，还有几家点着了红绿的电灯，在那里弹罢拉拉衣加。一声二声清脆的歌音，带着哀调，从静寂的深夜的冷空气里传到我的耳膜上来，这大约是俄国的漂泊的少女，在那里卖钱的歌唱。天上罩满了灰白的薄云，同腐烂的尸体似的沉沉地盖在那里。云层破处也能看得出一点两点星来，但星的近处，瞂瞂看得出来的天色，好像有无限的哀愁蕴藏着的样子。

钓台的春昼

——郁达夫

因为近在咫尺,以为什么时候要去就可以去,我们对于本乡本土的名区胜景,反而往往没有机会去玩,或不容易下一个决心去玩的。正唯其是如此,我对于富春江上的严陵,二十年来,心里虽每在记着,但脚却没有向这一方面走过。一九三一,岁在辛未,暮春三月,春服未成,而中央党帝,似乎又想玩一个秦始皇所玩过的把戏了,我接到了警告,就仓皇离去了寓居。先在江浙附近的穷乡里,游息了几天,偶而看见了一家扫墓的行舟,乡愁一动,就定下了归计。绕了一个大弯,赶到故乡,却正好还在清明寒食的节前。和家人等去上了几处坟,与许久不曾见过面的亲戚朋友,来往热闹了几天,一种乡居的倦怠，忽而袭上心来了，于是乎我就决心上钓台访一访严子陵的幽居。

钓台去桐庐县城二十余里，桐庐去富阳县治九十里不足，自富阳溯江而上，坐小火轮三小时可达桐庐，再上则须坐帆船了。

我去的那一天，记得是阴晴欲雨的养花天，并且系坐晚班轮去的，船到桐庐，已经是灯火微明的黄昏时候了，不得已就只得在码头近边的一家旅馆的楼上借了一宵宿。

桐庐县城，大约有三里路长，三千多烟灶，一二万居民，地在富春江西北岸，从前是皖浙交通的要道，现在杭江铁路一开，似乎没有一二十年前的繁华热闹了。尤其要使旅客感到萧条的，却是桐君山脚下的那一队花船失去了踪影。说起桐君山，却是桐庐县的一个接近城市的灵山胜地，山虽不高，但因有仙，自然是灵了。以形势来论，这桐君山，也的确是可以产生出许多口音生硬，别具风韵的桐严嫂来的生龙活脉。地处在桐溪东岸，正当桐溪和富春江合流之所，依依一水，西岸便瞰视着桐庐县市的人家烟村。

南面对江，便是十里长洲；唐诗人方干的故居，就在这十里桐洲九里花的花田深处。向西越过桐庐县城，更遥遥对着一排高低不定的青峦，这就是富春山的山子山孙了。

东北面山下，是一片桑麻沃地，有一条长蛇似的官道，隐而复现，出没盘曲在桃花杨柳洋槐榆树的中间，绕过一支小岭，便是富阳县的境界，大约去程明道的墓地程坟，总也不过一二十里地的间隔。我的去拜谒桐君，瞻仰道观，就在那一天到桐庐的晚上，是淡云微月，正在作雨的时候。

鱼梁渡头，因为夜渡无人，渡船停在东岸的相君山下。我从旅馆踱了出来，先在离轮埠不远的渡口停立了几分钟。后来向一位来渡口洗夜饭米的年轻少妇，弓身请问了一口，才得到了渡江的秘诀。她说："你只须高喊两三声，船自会来的。"先谢了她教我的好意，然后以两手围成了播音的喇叭，"喂，喂，渡船请摇过来"地纵声一喊，果然在半江的黑影当中，船身摇动了。渐摇渐近，五分钟后，我在渡口，却终于听出了咿呀柔橹的声音。时间似乎已经入了酉时的下刻，小市里的群动，这时候都已经静息，自从渡口的那位少妇，在微茫的夜色里，藏去了她那张白团团的面影之后，我独立在江边，不知不觉心里头却兀自感到了一种他乡日暮的悲哀。渡船到岸，船头上起了几声微微的水浪清音，又铜东的一响，我早已跳上了船，渡船也已经掉过头来了。坐在黑影沉沉的舱里，我起先只在静听着柔橹划水的声音，然后却在黑影里看出了一星船家在吸着的长烟管头上的烟火，最后因为被沉默压迫不过，我只好开口说话了："船家！你这样地渡我过去，该给你几个船钱？"我问。"随你先生把几个就是。"船家的说话冗慢幽长，似乎已经带着些睡意了，我就向袋里摸出了两角钱来。"这两角钱，就算是我的渡船钱，请你候我一会，上山去烧一次夜香，我是依旧要渡过江来的。"船家的回答，只是恩恩乌乌，幽幽同牛叫似的一种界音，然而从继这鼻音而起的两三声轻快的咳声听来，他却似已经在感到满足了，因为我也知道，乡间的义渡，船钱最多也不过是两三枚铜子而已。

到了桐君山下，在山影和树影交掩着的崎岖道上，我上岸走不上几步，就被一块乱石绊倒，滑跌了一次。船家似乎也动了恻隐之心了，一句话也不发，跑将上来，他却突然交给了我一盒火柴。我于感谢了一番他的盛意之后，重整步武，再摸上山去，先是必须点一枚火柴走三五步路的，但到得半山，路既就了规律，而微云堆里的半规月色，也朦胧地现出一痕银线来了，所以手里还存着的半盒火柴，就被我藏入了袋里。路是从山的西北，盘曲而上，渐走渐高，半山一到，天也开朗了一点，桐庐县市上的灯火，也星星可数了。更纵目向江心望去，富春江两岸的船上和桐溪合流口停泊着的船尾船头，也看得出一点一点的火来。走过半山，桐君观里的晚祷钟鼓，似乎还没有息尽，耳朵里仿佛听见了几丝木鱼钲钹的残声。走上山顶，先在半途遇着了一道道观外围的女墙，这女墙的栅门，却已经掩上了。在栅门外徘徊了一刻，觉得已经到了此门而不进去，终于是不能满足我这一次暗夜冒险的好奇怪僻的。所以细想了几次，还是决心进去，非进去不可，轻轻用手往里面一推，栅门却呀的一声，早已退向了后方开开了，这门原来是虚掩在那里的。进了栅门，踏着为淡月所映照的石砌平路，向东向南的前走了五六十步，居然走到了道观的大门之外，这两扇朱红漆的大门，不消说是紧闭在那里的。到了此地，我却不想再破门进去了，因为这大门是朝南向着大江开的，门外头是一条一丈来宽的石砌步道，步道的一旁是道观的墙，一旁便是山坡，靠山坡的一面，并且还有一道二尺来高的石墙筑在那里，大约是代替栏杆，防人倾跌下山去的用意。石墙之上，铺的是二三尺宽的青石，在这似石栏又似石凳的墙上，尽可以坐卧游息，饱看桐江和对岸的风景，就是在这里坐它一晚，也很可以，我又何必去打开门来，惊起那些老道的恶梦呢！

空旷的天空里，流涨着的只是些灰白的云，云层缺处，原也看得出半角的天，和一点两点的星，但看起来最饶风趣的，却仍是欲藏还露，将见仍无的那半规月影。这时候江面上似乎起了风，云脚的迁移，更来得迅速了，而低头向江心一看，几多散乱着的船里的灯光，也忽明忽灭地变换了位置。

这道观大门外的景色，真神奇极了。我当十几年前，在放浪的游程里，曾向瓜州京口一带，消磨过不少的时日。那时觉得果然名不虚传的，确是甘露寺外的江山，而现在到了桐庐，昏夜上这桐君山来一看，又觉得这江山之秀而且静，风景的整而不散，却非那天下第一江山的北固山所可与比拟的了。真也难怪得严子陵，难怪得戴征士，倘使我若能在这样的地方结屋读书，颐养天年，那还要什么的高官厚禄，还要什么的浮名虚誉哩？一个人在这桐君观前的石凳上，看看山，看看水，看看城中的灯火和天上的星云，更做做浩无边际的无聊的幻梦，我竟忘记了时刻，忘记了自身，直等到隔江的击柝声传来，向西一看，忽而觉得城中的灯影微茫地减了，才跑也似的走下了山来，渡江奔回了客舍。

　　第二日侵晨，觉得昨天在桐君观前做过的残梦正还没有续完的时候，窗外面忽而传来了一阵吹角的声音。好梦虽被打破，但因这同吹箓篥似的商音哀咽，却很含着些荒凉的古意，并且晓风残月，杨柳岸边，也正好候船待发，上严陵去；所以心里虽怀着了些儿怨恨，但脸上却只现出了一痕微笑，起来梳洗更衣，叫茶房去雇船去。雇好了一只双桨的渔舟，买就了些酒菜鱼米，就在旅馆前面的码头上上了船。轻轻向江心摇出去的时候，东方的云幕中间，已现出了几丝红晕，有八点多钟了。舟师急得厉害，只在埋怨旅馆的茶房，为什么昨晚上不预先告诉，好早一点出发。因为此去就是七里滩头，无风七里，有风七十里，上钓台去玩一趟回来，路程虽则有限，但这几日风雨无常，说不定要走夜路，才回来得了的。

　　过了桐庐，江心狭窄，浅滩果然多起来了。路上遇着的来往的行舟，数目也是很少，因为早晨吹的角，就是往建德去的快班船的信号，快班船一开，来往于两岸之间的船就不十分多了。两岸全是青青的山，中间是一条清洗的水，有时候过一个沙洲。洲上的桃花菜花，还有许多不晓得名字的白色的花，正在喧闹着春暮，吸引着蜂蝶。我在船头上一口一口地喝着严东关的药酒，指东话西地问着船家，这是什么山，那是什么港，惊叹了半天，称颂了半天，人也觉得倦了，不晓得什么时候，身子却走上了一家水边的酒楼，在和数年不见的几位已经做了党官的朋友高谈阔论。谈论之余，还背诵了一首两三年前曾在同一的情形之下做成的歪诗。

不是尊前爱惜身，伴狂难免假成真。
曾因酒醉鞭名马，生怕情多累美人。
劫数东南天作孽，鸡鸣风雨海扬尘。
悲歌痛哭终何补，义士纷纷说帝秦。

直到盛筵将散，我酒也不想再喝了，和几位朋友闹得心里各自难堪，连对旁边坐着的两位陪酒的名花都不愿意开口。正在这上下不得的苦闷关头，船家却大声地叫了起来说：

"先生，罗芷过了，钓台就在前面，你醒醒罢，好上山去烧饭吃去。"

擦擦眼睛，整了一整衣服，抬起头来一看，四面的水光山色又忽而变了样子了。清清的一条浅水，比前又窄了几分，四围的山包得格外的紧了，仿佛是前无去路的样子。并且山容峻削，看去觉得格外的瘦格外的高。向天上地下四围看看，只寂寂的看不见一个人类。双桨的摇响，到此似乎也不敢放肆了，钩的一声过后，要好半天才来一个幽幽的回响，静，静，静，身边水上，山下岩头，只沉浸着太古的静，死灭的静，山峡里连飞鸟的影子也看不见半只。前面的所谓钓台山上，只看得见两大个石垒，一间歪斜的亭子，许多纵横芜杂的草木。山腰里的那座祠堂，也只露着些废垣残瓦，屋上面连炊烟都没有一丝半缕，像是好久好久没有人住了的样子。并且天气又来得阴森，早晨曾经露一露脸过的太阳，这时候早已深藏在云堆里了，余下来的只是时有时无从侧面吹来的阴飕飕的半前儿山风。船靠了山脚，跟着前面背着酒菜鱼米的船夫走上严先生祠堂的时候，我心里真有点害怕，怕在这荒山里要遇见一个干枯苍老得同丝瓜筋似的严先生的鬼魂。

在祠堂西院的客厅里坐定，和严先生的不知第几代的裔孙谈了几句关于年岁水旱的话后，我的心跳也渐渐儿地镇静下去了，嘱托了他以煮饭烧菜的杂务，我和船家就从断碑乱石中间爬上了钓台。

东西两石垒，高各有二三百尺，离江面约两里来远，东西台相去只有一二百步，但其间却夹着一条深谷。立在东台，可以看得出罗芷的人家，回头展望来路，风景似乎散漫一点，而一上谢氏的西台，向西望去，则幽谷里的清景，却绝对的不像是在人间了。我虽则没有到过瑞士，但到了西台，朝西一看，立时就想起了曾在照片上看见过的威廉退儿的祠堂。这四山的幽静，这江水的青蓝，简直同在画片上的珂罗版色彩，一色也没有两样，所不同的就是在这儿的变化更多一点，周围的环境更芜杂不整齐一点而已，但这却是好处，这正是足以代表东方民族性的颓废荒凉的美。

从钓台下来，回到严先生的祠堂——记得这是洪杨以后严州知府戴盘重建的祠堂——西院里饱啖了一顿酒肉，我觉得有点酩酊微醉了。手拿着以火柴柄制成的牙签，走到东面供着严先生神像的龛前，向四面的破壁上一看，翠墨淋漓，题在那里的，竟多是些俗而不雅的过路高官的手笔。最后到了南面的一块白墙头上，在离屋檐不远的一角高处，却看到了我们的一位新近去世的同乡夏灵峰先生的四句似邵尧夫而又略带感慨的诗句。夏灵峰先生虽则只知崇古，不善处今，但是五十年来，像他那样的顽固自尊的亡清遗老，也的确是没有第二个人。比较起现在的那些官迷的南满尚书和东洋宦婢来，他的经术言行，姑且不必去论它，就是以骨头来称称，我想也要比什么罗三郎郑太郎辈，重到好几百倍。慕贤的心一动，熏人臭技自然是难熬了，堆起了几张桌椅，借得了一支破笔，我也向高墙上在夏灵峰先生的脚后放上了一个陈屁，就是在船舱的梦里，也曾微吟过的那一首歪诗。

从墙头上跳将下来，又向龛前天井去走了一圈，觉得酒后的干喉，有点渴痒了，所以就又走回到了西院，静坐着喝了两碗清茶。在这四大无声，只听见我自己的啾啾喝水的舌音冲击到那座破院的败壁上去的寂静中间，同惊雷似的一响，院后的竹园里却忽而飞出了一声闲长而又有节奏似的鸡啼的声来。同时在门外面歇着的船家，也走进了院门，高声的对我说：

"先生，我们回去罢，已经是吃点心的时候了，你不听见那只鸡在后山啼么？我们回去罢！"

清明 QING MING 二十四节气

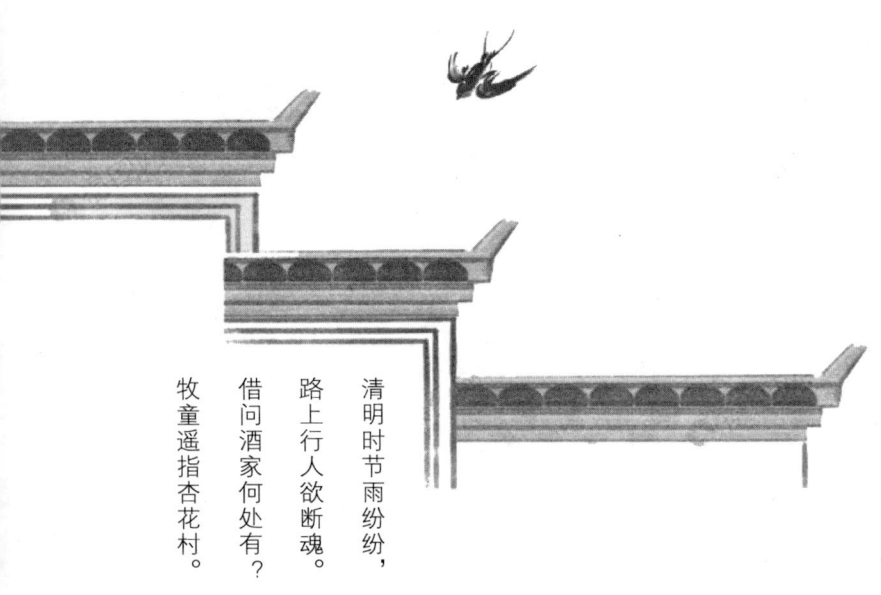

清明时节雨纷纷,
路上行人欲断魂。
借问酒家何处有?
牧童遥指杏花村。

清明

鲁彦

晨光还没有从窗眼里爬进来,我已经钻出被窝坐着,推着熟睡的母亲。

"迟啦,妈,锣声响啦!"

母亲便突然从梦中坐起,揉着睡眼,静默地倾听着。

"没有的!天还没有亮呢!"

"好像敲过去啦。"

于是母亲也就不再睡觉,急忙推开窗子,点着灯,煮早饭了。

"嘉溪上坟去罗!……噬噬……五公祀上坟去罗!……"待母亲将饭煮熟,第一次的锣声才真的响了,一路有人叫喊着,从桥头绕向东芭弄。

我打开门，在清白的晨光中，奔跑到埠头边：河边静悄悄的，不见一个人，船还没有来。

正吃早饭，第二次的锣声又响了，敲锣的人依然大声地喊着：

"嘉溪上坟去罗！……噹噹……五公祀上坟去罗！……"

我匆忙地吃了半碗，便推开碗筷，又跑了出去。这时河边显得忙碌了。三只大船已经靠在埠头，几个大人正在船中㪇水，铺竹垫，摆椅凳。岸上围观着许多大人和小孩，含着紧张的神情。我呆木地站着，心在辘辘地跳动。

"慌什么呀！饭没有吃饱，怎么上山呀？快些回去，再吃一碗！"母亲从后面追上来了。

"老早吃饱啦！"

"半碗，怎么就饱啦！起码也得吃两碗！回去，回去！"

"吃饱啦就吃饱啦！谁骗你！"我不耐烦地说。

于是母亲喃喃地说着走回家里去了。

埠头边的人愈聚愈多，一部分人看热闹，一部分人是去参加上祖先的坟的。有些人挑羹饭，有些人提纸钱，有些人探问何时出发。喧闹忙乱，仿佛平静的河水搅起了波浪。我静默地等着，心中却像河水似的荡漾着。

"加一件背心吧，冷了会生病的呀！"

我转过头去，母亲又来了，她已经给我拿了一件背心来。

"走起来热煞啦，还要加背心做什么？拿回去吧！"我摇着头，回答说。

"老是不听话！"母亲喃喃地埋怨着，用力把我扯了过去，亲自给我穿上，扣好了扣子。

这时第三次的锣声响了。

"嘉溪上坟去罗！……噹噹……五公祀上坟去罗！……船要开啦……船要开啦……"

岸上的人纷纷走到船上，我也就跳上了船头。

"什么要紧呀！"母亲又叫着说了，"船头坐不得的！……船舱里去！……听见吗？"

我只得调到船头与船舱的中间，坐在插纤竿的旁边。

但是母亲仍不放心，她又在叫喊了：

"坐到船底上去，再进去一点！那里会给纤竿打下河去的呀！"

"不会的！愁什么！"我不快活地瞪着眼睛说。

"真不听话！……阿成叔，烦你照顾照顾这孩子吧！"她对着坐在我身边的阿成叔说。

"那自然，你放心好啦！你回去吧！"

但是母亲仍不放心，站在河边要等着船开走。还不时有人上下，船在微微的左右倾侧着。

"天会落雨呢！"

"不会的！"

"我已带了雨伞。"

"我连木屐也带上了。"

船上忽然有些人这样说了起来。我抬头望着天上,天色略带一点阴沉,云在空中缓慢地移动着,远远的东边映照着山后的阳光。

"开船啦!开船啦!……噔噔……"这是最后一次的锣声了,敲锣的接着走上我们这只最后开的船,摇船的开始解缆了。

我往岸上望去,母亲已经不在岸上,不知什么时候走的。我喜欢坐在船头上,这时便又扶着船边,从人丛中向前挤了两三步。

"不要动!不要动!会掉下水里去!"阿成叔叫着,但他已经迟了。

"好吧,好吧!以后可再不要动啦!"摇船的把船撑开岸,叫着说。

"你这孩子好大胆!……再不要动啦!"我身边一个祖公辈的责备似的说了,"你看,你妈又来了哪!"

我把眼光转到岸上,母亲果然又来了。她左手挟着一柄纸伞,摇着右手,叫摇船的人,慌急地移动着脚步。一颠一簸,好像立刻要栽倒似的追扑了过来。

"船慢点开!……阿连叔!……还有一把伞给小孩!……"

但这时船已驶到河的中心,在岸上拉纤的已经弯着背跑着,船已咿咿哑哑的破浪前进了。

"算啦！算啦！不会下雨的！"摇船的阿连叔一面用力扳着橹，一面大声的回答着。

母亲着慌了，她愈加急促地沿着船行的方向奔跑起来，一路摇着手，叫着："要落雨的呀！……拉纤的是谁！……慢点走哪！"

我在船上望见她踉跄得跑得快跌倒了。着了急，忽然站了起来，用力踢着船沿。船突然倾侧几下，满船的人慌了，这才大家齐声的大喊，阻住了拉纤的人。

"交给我吧，到了桥边会递给他的。"一个拉纤的跑回来，向母亲接了伞，显出不快活的神情。

这时母亲已跑到和船相并的地方站住了。我看见她一脸通红，额上像滴着汗珠，喘着气。

"真是多事，哪里会落雨！落了雨又有什么要紧！"我暗暗的埋怨着，又大声叫着说，"回去吧，妈！"

"好回去啦！好回去啦！"船上的人也叫着，都显出不很高兴的神情。

船又开走了。母亲还站在那里望着，一直到船转了弯。

两岸的绿草渐渐多了起来，岸上的屋子渐渐少了。河水平静而且碧绿，只在船头下咿咿地响着，在船的两边翻起了轻快的分水波浪。船朝着拉纤的方向倾侧着。一根直的竹做的纤竿这时已经成了弓形，不时发出格格的声音，顶上拴着的纤绳时时颤动着,一松一紧地拖住了岸上三个将要前仆的人的背,摇橹的人侧着橹推着扳着,船尾发出噼啪的声音,有些地方大树挡住了纤路,或者船在十字河口需转方向,拉纤的人便收了纤绳,跳到船上,摇橹的人开始用船尾的大橹拨动着水,船像摇篮似的左右荡漾着慢慢前进。

一湾又一湾,一村又一村,嘉溪山渐渐近了,最先走过狮子似的山外的小山,随后从山峡中驶了进去。这里的河面反而特别宽了,水流急了起来,浅滩中露着一堆堆的沙石。我们的船一直驶到河道的尽头,船头冲上了沙滩,现在船上的人全上岸了。我和几个十几岁的同伴早已在船上脱了鞋袜,卷起了裤脚,不走山路,却从沁人的清凉的溪水里走向山上去,一面叫着跳着,像是笼里逃出来的小鸟。

祖先的故墓是在山麓的上部,那里生满了松树和柏树。我们几个孩子先在树林中跑了几个圈子,听见爆竹和锣声,才能坟前拜了一拜,拿了一支竹签,好带回家里去换点心。随后跑向松树林中,爬了上去采松花,装满了衣袋,兜满了前襟,听见爆竹和锣声又一直奔下山坡,到庄家那里去吃午饭,这时肚子特别饿了,跑到庄前就远远地闻到了午饭的香气。我平常最爱吃的是毛笋烤咸菜,这时桌上最多的正是这一样菜,便站在长桌旁,挤在大人们的身边,开始吃了起来。饭虽然粗硬,菜虽然冷,却觉得特别的有味,一连吃了三大粗碗饭。筷子一丢,又往附近去跑了。隆重的热闹的扫墓典礼，我只到坟边学样地拜了一拜，我的目的却在游玩。但也并不知道游玩，只觉得自由快乐，到处乱跑着。

回家的锣声又响时，果然落雨了。它像雾一样，细细的袭了过来。我挟着雨伞，并不使用，披着一身细雨，踏着溪流，欢乐的回到了泊船的河滩上。

清明节就是这样的完了。它在我是一个最欢乐的季节。

移家琐记

郁达夫

一

流水不腐,这是中国人的俗话,Stagnant Pond,这是外国人形容固定的颓毁状态的一个名词。在一处羁住久了,精神上习惯上,自然会生出许多霉烂的斑点来。更何妨洋场米贵,狭巷人多,以我这一个穷汉,夹杂在三百六十万上海市民的中间,非但汽车、洋房、跳舞、美酒等文明的洪福享受不到,就连吸一口新鲜空气,也得走十几里路。移家的心愿,早就有了;这一回却因朋友之介,偶尔在杭城东隅租着了一所适当的闲房,筹谋计算，也张罗拢了二三百块洋钱，于是这很不容易成就的戋戋私愿，竟也猫猫虎虎地实现了。小人无大志，蜗角亦乾坤，触蛮鼎定，先让我来谢天谢地。

搬来的那一天，是春雨霏微的星期二的早上，为计时日的正确，只好把一段日记抄在下面：

一九三三年四月廿五（阴历四月初一），星期二，晨五点起床，窗外下着蒙蒙的时雨，料理行装等件，赶赴北站，衣帽尽湿。携女人儿子及一仆妇登车，在不断的雨丝中，向西进发。野景正妍，除白桃花、菜花、棋盘花外，田野里只一片嫩绿，浅淡尚带鹅黄。此番因自上海移居杭州，故行李较多，视孟东野稍为富有，沿途上落：被无产同胞的搬运夫，敲刮去了不少。午后一点到杭州城站，雨势正盛，在车上蒸干之衣帽，又涔涔湿矣。

新居在浙江图书馆侧面的一堆土山旁边，虽只东倒西斜的三间旧屋，但比起上海的一楼一底的弄堂洋房来，究竟宽敞得多了，所以一到寓居，就开始做室内装饰的工作。沙发是没有的，镜屏是没有的，红木器具，壁画纱灯，一概没有。几张板桌，一架旧书，在上海时，塞来塞去，只觉得没地方塞的这些破铜烂铁，一到了杭州，向三间连通的矮厅上一摆，看起来竟空空洞洞，像煞是沧海中间的几颗粟米了。最后装上壁去的，却是上海八云装饰设计公司送我的一块石膏圆面。塑制者是江山徐葆蓝氏，面上刻出的是圣经里马利马格大伦的故事。看来看去，在我这间黝暗矮阔的大厅陈设之中，觉得有一点生气的，就只是这一块同深山白雪似的小小的石膏。

二

向晚雨歇，电灯来了。灯光灰暗不明，问先搬来此地住的王母以"何不用个亮一点的灯球"？方才知道朝市而今虽不是秦，但杭州一隅，也决不是世外的桃源，这样要捐，那样要税，居民的负担，简直比世界哪一国的首都，都加重了；即以电灯一项来说，每一个字，在最近也无法地加上了好几成的特捐。"烽火满天殍满地，儒生何处可逃秦？"这是几年前做过的叠秦韵的两句山歌，我听了这些话后，嘴上虽则不念出来，但心里却也私私地转想了好几次。腹诽若要加刑，则我这一篇琐记，又是自己招认的供状了，罪过罪过。

三更人静，门外的巷里，忽传来了些笃笃笃的敲小竹梆的哀音。问是什么？说是卖馄饨圆子的小贩营生。往年这些担头很少，现在冷街僻巷，都有人来卖到天明了，百业的凋敝，城市的萧条，这总也是民不聊生的一点点的实证吧？

新居落寞，第一晚睡在床上，翻来覆去总睡不着觉。夜半挑灯，就只好拿出一本新出版的《两地书》来细读。有一位批评家说，作者的私记，我们没有阅读的义务。当时我对这话，倒也佩服得五体投地，所以书店来要我出书简集的时候，我就坚决地谢绝了，并且还想将一本为无钱过活之故而拿去出卖的日记都叫他们毁版。以为这些东西，是只好于死后，让他人来替我印行的；但这次将鲁迅先生和密斯许的书简集来一读，则非但对那位批评家的信念完全失掉，并且还在这一部两人的私记里，看出了许多许多平时不容易看到的社会黑暗面来。至如鲁迅先生的诙谐愤俗的气概，许女士的诚实庄严的风度，还是在长书短简里自然流露的余音，由我们熟悉他们的人看来，当然更是味中有味，言外有情，可以不必提起，我想就是绝对不认识他们的人，读了这书，至少也可以得到几多的教训。私记私记，义务云乎哉？

从夜半读到天明，将这《两地书》读完之后，神经觉得愈兴奋了，六点敲过，就率性走到楼下去洗了一洗手脸，换了一身衣服，踏出大门，打算去把这杭城东隅的侵晨朝景，看它一个明白。

三

　　夜来的雨，是完全止住了，可是外貌像马加弹姆式的沙石马路上，还满涨着淤泥，天上也还浮罩着一层明灰的云幕。路上行人稀少，老远老远，只看得见一部慢慢在向前拖走的人力车的后形。从狭巷里转出东街，两旁的店家，也只开了一半，连挑了菜担在沿街赶早市的农民，都像是没有灌气的橡皮玩具。四周一看，萧条复萧条，衰落又衰落，中国的农村，果然是破产了。但没有实业生产机关，没有和平保障的像杭州一样的小都市，又何尝不在破产的威胁下战栗着待毙呢？中国目下的情形，大抵总是农村及小都市的有产者，集中到大都会去。在大都会的帝国主义保护之下变成殖民地的新资本家，或变成军阀官僚的附属品的少数者，总算是找着了出路。他们的货财，会愈积而愈多，同时为他们所牺牲的同胞，当然也要加速度的倍加起来。结果就变成这样的一个公式：农村中的有产者集中小都市，小都市的有产者集中大都会，等到资产化尽，而生财无道的时候，则这些素有恒产的候鸟就又得倒转来从大都会而小都市而仍返农村去作贫民。转转循环，丝毫不爽，这情形已经继续了二三十年了，再过五年十年之后的社会状态，自然可以不卜而知了啦，社会的症结究竟在哪里？唯一的出路究竟在哪里？难道大家还不明白吗？空喊着抗日抗日，又有什么用处？

　　一个人在大街上踱着想着，我的脚步却于不知不觉的中间，开了倒车，几个弯儿一绕，竟又将我自己的身体，搬到了大学近旁的一条路上来了。向前面看过去，又是一堆土山。山下是平平的泥路和浅浅的池塘。这附近一带，我儿时原也来过的。二十几年前头，我有一位亲戚曾在报国寺里当过军官，更有一位哥哥，曾在陆军小学堂里当过学生。既然已经回到了寓居的附近，那就爬上山去看它一看吧，好在一晚没有睡觉，头脑还有点儿糊涂，登高望望四境，也未始不是一帖清凉的妙药。

　　天气也渐渐开朗起来了，东南半角，居然已经露出了几点青天和一丝白日。土山虽则不高，但眺望倒也不坏。湖上的群山，环绕在西北的一带，再北是空间，更北是湖外境内的发祥的青山了。东面迢迢，看得见的，是临平山、皋亭山、黄鹤山之类的连峰叠嶂。再偏东北处，大约是唐栖镇上的超山山影，看去虽则不远，但走走怕也有半日好走哩。在土山上环视了一周，由远及近，用大量观察法来一算，我才明白了这附近的地理。原来我那新寓，是在军装局的北方，而三面的土山，系遥接着城墙，围绕在军装局的框外的。怪不得今天破晓的时候，还听见了一阵喇叭的吹唱，怪不得走出新寓的时候，还看见了一名荷枪直立的守卫士兵。

　　"好得很！好得很！……"我心里在想，"前有图书，后有武库，文武之道，备于此矣！"我心里虽在这样的自作有趣，但一种没落的感觉，一种不能再在大都会里插足的哀思，竟渐渐地渐渐地溶浸了我的全身。

春晖的一月

朱自清

去年在温州,常常看到本刊,觉得很是欢喜。本刊印刷的形式,也颇别致,更使我有一种美感。今年到宁波时,听许多朋友说,白马湖的风景怎样怎样好,更加向往。虽然于什么艺术都是门外汉,我却怀抱着爱"美"的热诚,三月二日,我到这儿上课来了。在车上看见"春晖中学校"的路牌,白底黑字的,小秋千架似的路牌,我便高兴。出了车站,山光水色,扑面而来,若许我抄前人的话,我真是"应接不暇"了。于是我便开始了春晖的第一日。

走向春晖,有一条狭狭的煤屑路。那黑黑的细小的颗粒,脚踏上去,便发出一种摩擦的噪音,给我多少轻新的趣味。而最系我心的，是那小小的木桥。桥黑色，由这边慢慢地隆起，到那边又慢慢地低下去，故看去似乎很长。我最爱桥上的栏杆，那变形的十纹的栏杆；我在车站门口早就看见了，我爱它的玲珑！桥之所以可爱，或者便因为这栏杆哩。我在桥上逗留了好些时。这是一个阴天。山的容光，被云雾遮了一半，仿佛淡妆的姑娘。但三面映照起来，也就青得可以了，映在湖里，白马湖里，接着水光，却另有一番妙景。我右手是个小湖，左手是个大湖。湖有这样大，使我自己觉得小了。湖水有这样满，仿佛要漫到我的脚下。湖在山的趾边，山在湖的唇边；他俩这样亲密，湖将山全吞下去了。吞的是青的，吐的是绿的，那软软的绿呀，绿的是一片，绿的却不安于一片，它无端地皱起来了。如絮的微痕，界出无数片的绿，闪闪闪闪的，像好看的眼睛。湖边系着一只小船，四面却没有一个人，我听见自己的呼吸。想起"野渡无人舟自横"的诗，真觉物我双忘了。

好了，我也该下桥去了；春晖中学校还没有看见呢。弯了两个弯儿，又过了一重桥。当面有山挡住去路，山旁只留着极狭极狭的小径。挨着小径，抹过山角，豁然开朗，春晖的校舍和历落的几处人家，都已在望了。远远看去，房屋的布置颇疏散有致，决无拥挤、局促之感。我缓缓走到校前，白马湖的水也跟我缓缓地流着。我碰着丏尊先生。他引我过了一座水门汀的桥，便到了校里。校里最多的是湖，三面潺潺地流着；其次是草地，看过去芊芊的一片。我是常住城市的人，到了这种空旷的地方，有莫名的喜悦！乡下人初进城，往往有许多的惊异，供给笑话的材料；我这城里人下乡，却也有许多的惊异——我的可笑，或者竟不下于初进城的乡下人。闲言少叙，且说校里的房屋、格式、布置固然疏落有味，便是里面的用具，也无一不显出巧妙的匠意，决无笨伯的手泽。晚上我到几位同事家去看，壁上有书有画，布置井井，令人耐坐。这种情形正与学校的布置、自然界的布置是一致的。美的一致，一致的美，是春晖给我的第一件礼物。

　　有话即长，无话即短，我到春晖教书，不觉已一个月了。在这一个月里，我虽然只在春晖登了十五日（我在宁波四中兼课），但觉甚是亲密。因为在这里，真能够无町畦。我看不出什么界线，因而也用不着什么防备，什么顾忌；我只照我所喜欢的做就是了。这就是自由了。从前我到别处教书时，总要做几个月的"生客"，然后才能坦然。对于"生客"的猜疑，本是原始社会的遗形物，其故在于不相知。这在现社会，也不能免的。但在这里，因为没有层迭的历史，又结合比较的单纯，故没有这种习染。这是我所深愿的！这里的教师与学生，也没有什么界限。在一般学校里，师生之间往往隔开一无形界限，这是最足减少教育效力的事！学生对于教师，"敬鬼神而远之"；教师对于学生，尔为尔，我为我，休戚不关，理乱不闻！这样两橛的形势，如何说得到人格感化？如何说得到"造成健全人格"？这里的师生却没有这样的情形。无论何时，都可自由说话；一切事务，常常通力合作。校里只有协治会而没有自治会。感情既无隔阂，事务自然都开诚布公，无所用其躲闪。学生因无须矫情饰伪，故甚活泼有意思。又因能顺全天性，不遭压抑，加以自然界的陶冶，故趣味比较纯正。也有太随便的地方，如有几个人上课时喜欢谈闲天，有几个人喜欢吐痰在地板上，但这些总容易矫正的。春晖给我的第二件礼物是真诚，一致的真诚。

春晖是在极幽静的乡村地方，往往终日看不见一个外人！寂寞是小事，在学生的修养上却有了问题。现在的生活中心，是城市而非乡村。乡村生活的修养能否适应城市的生活，这是一个问题。此地所说适应，只指两种意思：一是抵抗诱惑，二是应付环境——明白些说，就是应付人，应付物。乡村诱惑少，不能养成定力；在乡村是好人的，将来一入城市做事，或者竟抵挡不住。从前某禅师在山中修道，道行甚高；一旦入闹市，"看见粉白黛绿，心便动了"。这话看来有理，但我以为其实无妨。就一般人而论，抵抗诱惑的力量大抵和性格、年龄、学识、经济力等有"相当"的关系。除经济力与年龄外，性格、学识，都可用教育的力量提高它，这样增加抵抗诱惑的力量。提高的意思，说得明白些，便是以高等的趣味替代低等的趣味，养成优良的习惯，使不良的动机不容易有效。用了这种方法，学生达到高中毕业的年龄，也总该有相当的抵抗力了；入城市生活又何妨？（不及初中毕业时者，因初中毕业，仍须续入高中，不必自己挣扎，故不成问题。）有了这种抵抗力，虽还有经济力可以作祟，但也不能有大效。前面那禅师所以不行，一因他过的是孤独的生活，故反动力甚大；一因他只知克制，不知替代，故外力一强，便"虎兕出于柙"了！这岂可与现在这里学生的乡村生活相提并论呢？至于应付环境，我以为应付物是小问题，可以随时指导；而且这与乡村、城市无大关系。我是城市的人，但初到上海，也曾因不会乘电车而跌了一跤，跌得皮破血流；这与乡下诸公又差得几何呢？若说应付人，无非是机心！什么"逢人只说三分话，未可全抛一片心"，便是代表的教训。教育有改善人心的使命；这种机心，有无养成的必要，是一个问题。姑不论这个，要养成这种机心，也非到上海这种地方去不成；普通城市正和乡村一样，是没有什么帮助的。凡以上所说，无非要使大家相信，这里的乡村生活的修养，并不一定不能适应将来城市的生活。况且我们还可以举行旅行，以资调剂呢。况且城市生活的修养，虽自有它的好处；但也有流弊。如诱惑太多，年龄太小或性格未佳的学生，或者转易陷溺——那就不但不能磨炼定力，反早早地将定力丧失了！所以城市生活的修养不一定比乡村生活的修养有效。只有一层，乡村生活足以减少少年人的进取心，这却是真的！

说到我自己，却甚喜欢乡村的生活，更喜欢这里的乡村的生活。我是在狭的笼的城市里生长的人，我要补救这个单调的生活，我现在住在繁嚣的都市里，我要以闲适的境界调和它。我爱春晖的闲适！闲适的生活可说是春晖给我的第三件礼物！

　　我已说了我的"春晖的一月"；我说的都是我要说的话。或者有人说，赞美多而劝勉少，近乎"戏台里喝彩"！假使这句话是真的，我要切实声明：我的多赞美，必是情不自禁之故，我的少劝勉，或是观察时期太短之故。

白马湖

朱自清

今天是个下雨的日子。这使我想起了白马湖；因为我第一回到白马湖，正是微风飘萧的春日。

白马湖在甬绍铁道的驿亭站，是个极小极小的乡下地方。在北方说起这个名字，管保一百个人一百个人不知道。但那却是一个不坏的地方。这名字先就是一个不坏的名字。据说从前（宋时？）有个姓周的骑白马入湖仙去，所以有这个名字。这个故事也是一个不坏的故事。假使你乐意搜集，或也可编成一本小书，交北新书局印去。

白马湖并非圆圆的或方方的一个湖，如你所想到的，这是曲曲折折大大小小许多湖的总名。湖水清极了，如你所能想到的，一点儿不含糊像镜子。沿铁路的水，再没有比这里清的，这是公论。遇到旱年的夏季，别处湖里都长了草，这里却还是一清如故。白马湖最大的，也是最好的一个，便是我们住过的屋的门前那一个。那个湖不算小，但湖口让两面的山包抄住了。外面只见微微的碧波而已，想不到有那么大的一片。湖的尽里头，有一个三四十户人家的村落，叫作西徐岙，因为姓徐的多。这村落与外面本是不相通的，村里人要出来得撑船。后来春晖中学在湖边造了房子，这才造了两座玲珑的小木桥，筑起一道煤屑路，直通到驿亭车站。那是窄窄的一条人行路，蜿蜒曲折的，路上虽常不见人，走起来却不见寂寞。——尤其在微雨的春天，一个初到的来客，他左顾右盼，是只有觉得热闹的。

　　春晖中学在湖的最胜处，我们住过的屋也相去不远，是半西式。湖光山色从门里从墙头进来，到我们窗前、桌上。我们几家接连着；丏翁的家最讲究。屋里有名人字画，有古瓷，有铜佛，院子里满种着花。屋子里的陈设又常常变换，给人新鲜的受用。他有这样好的屋子，又是好客如命，我们便不时地上他家里喝老酒。丏翁夫人的烹调也极好，每回总是满满的盘碗拿出来，空空的收回去。白马湖最好的时候是黄昏。湖上的山笼着一层青色的薄雾，在水里映着参差的模糊的影子。水光微微地暗淡，像是一面古铜镜。轻风吹来，有一两缕波纹，但随即平静了。天上偶见几只归鸟,我们看着它们越飞越远,直到不见为止。这个时候便是我们喝酒的时候。我们说话很少;上了灯话才多些,但大家都已微有醉意。是该回家的时候了。若有月光也许还得徘徊一会;若是黑夜,便在暗里摸索醉着回去。

白马湖的春日自然最好。山是青得要滴下来,水是满满的、软软的。小马路的两边,一株间一株地种着小桃与杨柳。小桃上各缀着几朵重瓣的红花,像夜空的疏星。杨柳在暖风里不住地摇曳。在这路上走着,时而听见锐而长的火车的笛声是别有风味的。在春天,不论是晴是雨,是月夜是黑夜,白马湖都好。——雨中田里菜花的颜色最早鲜艳;黑夜虽什么不见,但可静静地受用春天的力量。夏夜也有好处,有月时可以在湖里划小船,四面满是青霭。船上望别的村庄,像是蜃楼海市,浮在水上,迷离惝恍的;有时听见人声或犬吠,大有世外之感。若没有月呢,便在田野里看萤火。那萤火不是一星半点的,如你们在城中所见;那是成千成百的萤火。一片儿飞出来,像金线网似的,又像要着许多火绳似的。只有一层使我愤恨。那里水田多,蚊子太多,而且几乎全闪闪烁烁是疟蚊子。我们一家都染了疟疾,至今三四年了,还有未断根的。蚊子多足以减少露坐夜谈或划船夜游的兴致,这未免是美中不足了。

离开白马湖是三年前的一个冬日。前一晚"别筵"上，有丏翁与云君，我不能忘记丏翁，那是一个真挚豪爽的朋友。但我也不能忘记云君，我应该这样说，那是一个可爱的——孩子。

故乡的杨梅

鲁彦

过完了长期的蛰伏生活,眼看着新黄嫩绿的春天爬上了枯枝,正欣喜着想跑到大自然的怀中,发泄胸中的郁抑,却忽然病了。

唉,忽然病了。

我这粗壮的躯壳,不知道经过了多少炎夏和严冬,被轮船和火车抛掷过多少次海角与天涯,尝受过多少辛劳与艰苦,从来不知道颤栗或疲倦的呵,现在却呆木地躺在床上,不能随意的转侧了。

尤其是这躯壳内的这一颗心。它历年可说是铁一样的。对着眼前的艰苦,它不会畏缩;对着未来的憧憬,它不肯绝望;

对着过去的痛苦，它不愿回忆的呵，然而现在，它却尽管凄凉地往复的想了。

唉，唉，可悲呵，这病着的躯壳的病着的心。

尤其是对着这细雨连绵的春天。

这雨，落在西北，可不全像江南的故乡的雨吗？细细的，丝一样，若断若续的。

故乡的雨，故乡的天，故乡的山河和田野……还有那蔚蓝中衬着整齐的金黄的菜花的春天，藤黄的稻穗带着可爱的气息的夏天，蟋蟀和纺织娘们在濡湿的草中唱着诗的秋天，小船吱吱地独着沉默的薄冰的冬天……还有那熟识的道路，还有那亲密的故居……

不，不，我不想这些，我现在不能回去，而且是病着，我得让我的心平静；恢复我过去的铁一般的坚硬，告诉自己：这雨是落在西北，不是故乡的雨——而且不像春天的雨，却像夏天的雨。

不要那样想吧，我的可怜的心呵，我的头正像夏天的烈日下的汽油缸，将要炸裂了，我的嘴唇正干燥得将要迸出火花来了呢。让这夏天的雨来压下我头部的炎热，让……让……

唉，唉，就说是故乡的杨梅吧……它正是在类似这样的雨天成熟的呵。

故乡的食物，我没有比这更喜欢的了。倘若我爱故乡，不如就说我完全是爱的这叫作杨梅的果子吧。

呵，相思的杨梅！它有着多么惊异的形状，多么可爱的颜色，多么甜美的滋味呀。

它是圆的，和大的龙眼一样大小，远看并不稀奇，拿到手里，原来它是遍身生着刺的哩。这并非是它的壳，这就是它的肉。不知道的人，一定以为这满身生着刺的果子是不能进口的了，否则也须用什么刀子削去那刺的尖端的吧？然而这是过虑。它原来是希望人家爱它吃它的。只要等它渐渐长熟，它的刺也渐渐软了，平了。那时放到嘴里，软滑之外还带着什么感觉呢？没有人能想得到，它还保存着它的特点，每一根刺平滑地在舌尖上触了过去，细腻柔软而且亲切——这好比最甜蜜的吻，使人迷醉呵。

颜色更可爱呢。它最先是淡红的，像娇嫩的婴儿的面颊，随后变成了深红，像是处女的害羞，最后黑红了——不，我们说它是黑的。然而它并不是黑，也不是黑红，原来是红的。太红了，所以像是黑。轻轻地啄开它，我们就看见了那新鲜红嫩的内部，同时我们已染上了一嘴的红水。说它新鲜红嫩，有的人也许以为一定像贵妃的肉色似的荔枝吧？嗳，那错了。荔枝的光色是呆板的，像玻璃，像鱼目；杨梅的光色却是生动的，像映着朝霞的露水呢。

滋味吗？没有十分成熟是酸带甜，成熟了便单是甜。这甜味可决不使人讨厌，不但爱吃甜味的人尝了一下舍不得丢掉，就连不爱吃甜味的人也会完全给它吸引住，越吃越爱吃。它是甜的，然而又依然是酸的，而这酸味，我们须待吃饱了杨梅以后，再吃别的东西的时候，才能领会得到。那时我们才知道自己的牙齿酸了，软了，连豆腐也咬不下了，于是我们才恍然悟到刚才吃多了酸的杨梅。我们知道这个，然而我们仍然爱它，我们仍须吃一个大饱。它真是世上最迷人的东西。

唉，唉，故乡的杨梅呵。

细雨如丝的时节，人家把它一船一船地载来，一担一担的挑来，我们一篮一篮的买了进来，挂一篮在檐口下，放一篮在水缸盖上，倒上一脸盆，用冷水一洗，一颗一颗地放进嘴里，一面还没有吃了，一面又早已从脸盆里拿起了一颗，一口气吃了一二十颗，有时来不及把它的核一一吐出来，便一直吞进了肚里。

"生了虫呢……蛇吃过了呢……"母亲看见我们吃得快，吃得多，便这样的说了起来，要我们仔细的看一看，多多的洗一番。

但我们并不管这些，它成了我们的生命，我们越吃越快了。

"好吃，好吃。"我们心里这样想着，嘴里却没有余暇说话。

待肚子胀上加胀，胀上加胀，眼看着一脸盆的杨梅吃得一颗也不留，这才呆笨地挺着肚子，走了开去，叹气似的嘘出一声"咳"来……

唉，可爱的故乡的杨梅呵。

一年，二年……我已有十六七年不曾尝到它的滋味了。偶而回到故乡，不是在严寒的冬天，便是在酷热的夏天，或者杨梅还未成熟，或者杨梅已经落完了。这中间，曾经有两次，在异地见到过杨梅，比故乡的小，比故乡的酸，颜色又不及故乡的红。我想回味过去，把它买了许多来。

"长在树上，有虫爬过，有蛇吃过呢……"

我现在成了大人，有了知识，爱惜自己的生命甚于杨梅了。我用沸滚的开水去细细的洗杨梅，觉得还不够消除那上面的微菌似的。

于是它不但更不像故乡的，简直不是杨梅了。我只尝了一二颗，便不再吃下去。

最后一次我终于在离故乡不远的地方见到了可爱的故乡的杨梅。

然而又因为我成了大人，有了知识，爱惜自己的生命甚于杨梅，偶然发现一条小虫，也就拒绝了回味的欢愉。

现在我的味觉也显然改变了，即使回到故乡，遇到细雨如丝的杨梅时节，即使并不害怕从前的那种吃法，我的舌头应该感觉不出从前的那种美味了，我的牙齿应该不能像从前似的能够容忍那酸性了。

唉，故乡离开我愈远了。

我们中间横着许多鸿沟。那不是千万里的山河的阻隔，那是……

唉，唉，我到底病了。我为什么要想到这些呢？看呵，这眼前的如丝的细雨，不是若断若续的落在西北的春天里吗？

春 雨

缪崇群

　　蒙蒙地遮迷了远近的山，悄悄的油绿了郊野的草；不断地在窗外织着一条轻薄闪光的丝帘。

　　春雨濡湿了一切，濡湿不了人家屋顶那升腾起来的炊烟。烟像一条黑龙，悠悠地在空中游泳；像一行秋雁，渐远渐远——以至不见。

　　滴在花瓣上的成了香泪，滢滢地，象征着薄命的哀怨。落在地上的相和泥土，虽然是无言地，但在足底、轮下，也发出一种最后的嘶声。

　　平明，薄暮，静静地听啊：

　　嘶——

春仿佛随着轮子远扬了。有时,

喳——喳——喳——

雨的幽灵在人们的足下诅咒了。

桃源杂记

——李广田

　　我的故乡在黄河与清河两流之间。县名济东，济南府属。土质为白沙壤，宜五谷与棉及落花生等。无山、多树，凡道旁田畔间约广植榆柳。县西境方圆数十里一带，则胜产桃。间有杏，不过于桃树行里添插些隙空而已。世之人只知有"肥桃"而不知尚有"济东"，这应当说是见闻不广的过失。不然，就是先入为主为名声所蔽了。我这样说话，并非卖瓜者不说瓜苦，一味替家乡土产鼓吹。意在使自家人多卖些铜钱过日子，实在是因为年头不好，连家乡的桃树也遭了末运，现在是一年年地逐渐稀少了下去，恰如我多年不回家乡，回去时向人打听幼年时候的伙伴，得到的回答却是某人夭亡某人走失之类，平素从不关心，到此也难免有些黯然了。

故乡的桃李，是有着很好的景色的。计算时间，从三月花开时起，至八月拔园时止，差不多占去了半年日子。所谓拔园，就是把最后的桃子也都摘掉。最多也只剩着一种既不美观也少甘美的秋桃，这时候园里的篱笆也已除去，表示已不必再昼夜看守了。最好的时候大概还是春天吧，遍野红花，又恰好有绿柳相衬，早晚烟霞中，罩一片锦绣画图，一些用低矮土屋所组成的小村庄，这时候是恰如其分地显得好看了。到得夏天，有的桃实已届成熟，走在桃园路边，也许于茂密的秀长桃叶间，看见有刚刚点了一滴红唇的桃子，桃的香气，是无论走在什么地方都可以闻到的，尤其当早夜，或雨后。说起雨后，这使我想起布谷，这时候种谷的日子已过：是锄谷的时候了，布谷改声，鸣如"荒谷早锄"，我的故乡人却呼作"光光多锄"。这种鸟以午夜至清晨之间为叫得最勤，再就是雨霁天晴的时候了。叫的时候又仿佛另有一个作吱吱鸣声在远方呼应，说这是雌雄和唱，也许是真实的事情。这种鸟也好像并无一定的宿处，只常见它们往来于桃树柳树间，忽地飞起，又且飞且鸣罢了。我永不能忘记的。是这时候的雨后天气，天空也许半阴半晴，有片片灰云在头上移动，禾田上冒着轻轻水汽，桃树柳树上还带着如烟的湿雾，停了工作的农人又继续着，看守桃园的也不再躲在园屋里。——这时候的每个桃园都已建起了一座临时的小屋,有的用土作为墙壁而以树枝之类作为顶篷,有的则只用芦席做成。守园人则多半是老人或年轻姑娘。他们看桃园,同时又做着种种事情,如织麻或纺线之类。落雨的时候则躲在那座小屋内,雨晴之后则出来各处走走,到别家园里找人闲话。孩子们呢,这时候都穿了最简单衣服在泥道上跑来跑去,唱着歌子,和"光光多锄"互相答应,被问的自然是鸟,回答的言语是这样的:

光光多锄。你在哪里?我在山后。你吃什么?白菜炒肉。给我点吃?不够不够。

在大城市里,是不常听到这种鸟声的,但偶一听到,我就立刻被带到了故乡的桃园去,而且这极简单却又最能表现出孩子的快乐的歌唱,也同时很清脆地响在我的耳里。我不听到这种唱答已经有七八年之久了。

今次偶然回到家乡,是多少年唯一的能看到桃花的一次。然而使我惊讶的,却是桃花已不再那么多了,有许多桃园都已变成了平坦的农田。这原因我不大明白,问乡里人,则只说这里的土地都已衰老,不能再生新的桃树了。当自己年幼时候,记得桃的种类是颇多的。有各种奇奇怪怪的名目,现在仅存的也不过三五种罢了。有些种类是我从未见过的,有些名目也已经被我忘却。大体说来,则应当分作秋桃与接桃两种,秋桃之中没有多大异同，接桃则又可分出许多不同的名色。

秋桃是桃核直接生长起来的桃树，开花最早，而果实成熟则最晚，有的等到秋末大凉时才能上市，这时候其他桃子都已净树，人们都在惋惜着今年不曾再有好的桃子可吃了，于是这种小而多毛且颇有点酸苦味道的秋桃也成了稀罕东西。接桃则是由生长过两三年的秋桃所接成的。有的叫"根接"，把秋桃树干齐齐地锯掉，以接桃树的嫩枝插在被锯的树根上，再用土培覆起来，生出的幼芽就是接挑了。又有所谓"筐接"，方法和"根接"相同，不过保留了树干，而只锯掉树头罢了。因须用一个盛土的筱筐以保护插了新枝的树干顶端，故曰"筐接"。这种方法是不大容易成功的，假如成功，则可以较迅速地得到新的果实。另有一种叫作"枝接"，是颇有趣的一种接法：把秋桃枝梢的外皮剥除，再以接桃枝端上拧下来的哨子套在被剥的枝上，用树皮之类把接合处严密捆缚就行了，但必须保留桃子上的原有的芽码，不然，是不会有新的幼芽出生的。因此，一棵秋桃上可以接出许多种接桃，当桃子成熟时，就有各色各样的桃实了。也有人把柳树接作桃树的，据说所生桃实大可如人首，但吃起来则毫无滋味，说者谓如嚼木梨。

按熟的先后为序，据我所知道的，接桃中有下列几种：

落丝：当新的蚕丝上市时，落丝桃也就上市了。形椭圆，嘴尖长，味甘微酸。因为在同辈中是最先来到的一种，又因为产量较少之故，价值较高也是当然的了。

麦匹子：这是和小麦同时成熟的一种。形圆，色紫，味甚酸，非至全个果实已经熟透而内外皆呈紫色时，酸味是依然如故的。

大易生：此为接桃中最易生长而味最甘美的一种，能够和肥桃相媲美的也就是这一种了。熟时实大而白。只染一个红嘴和一条红线。未熟时甘脆如梨，而清爽适口则为梨所不及，熟透则皮薄多浆，味微如蜜。皮薄是其优点，也是劣点，不能耐久。不能致远，我想也就是因为这个了。

红易生：一名"一串绫"，实小，熟时遍体作绛色。产量甚丰。绿枝累累如贯珠，名"一串缤"，乃言如一串红绫绕枝，肉少而味薄，为接挑中之下品。

大芙蓉：形浑圆，色全白，故一名"大白桃"，夏末成熟，味佳而淡。又有"小芙蓉"——与此为同种，果实较小，亦曰"小白桃"。

胭脂雪：此为接桃中最美观的一种，红如胭脂，白如雪，红白相匀，说者所谓如美人颜，味不如"大易生"。而皮厚经久。此为桃类中价值最高者。

铁巴子：叶细小，故亦称"小叶子"，"铁巴子"谓不易摇落，一既生摘亦须稍费力气。实小，味甘，现已绝种。另有"齐嘴红"一种，以状得名，不多见。

有一种所谓"磨枝"的,并非桃的另一种类,乃是紧靠着桃枝结果,因之被桃核磨上了疤痕的桃子,奇怪处是这种桃子特别甘美,为担桃挑的桃贩所不取,但我们园里人则特意在枝叶间探寻"磨枝"来自己享用。为什么这种桃子会特别甘美呢,到现在也还不能明白。另有所谓"桃王"的,我想这大概只是一种传说罢了。据云"桃王"是一种特大的桃子,生在最繁密的枝叶间,长青不老,为一园之王,当然,一个桃园里也就只能有这么一个了。有"桃王"的桃园是幸福的,因为园里的桃子会格外丰美,甚至可以取之不竭。但假如有人把这"桃王"给摘掉了,则全园的桃子也将陨落净尽。这是奇迹,幼年时候每每费尽了工夫去发现"桃王",但从未发现过一次,也不曾听说谁家桃园里发现过。

桃是我们家乡的重要土产,有些人家是藉了桃园来辅助一家生活之所需的。这宗土产的推销有两种方法:一是靠了外乡小贩的运贩,他们每到桃季便肩了挑子在各处桃园里来往;另一种方法,就是靠着流过地方的那两条河水了。当"大易生"和"胭脂雪"成熟的时候,附近两河的码头上是停泊了许多帆船的,从水路再转上铁路,我们的桃子是被送到其他城市人民的口上去了:我很担心,今后的桃园会更变得冷落,恐怕不会再有那么多吆吆喝喝的肩挑贩,河上的白帆也将更见得稀疏了吧。

清明时节

孟弧

清明时节,是扫墓的时节,有的要进关内来祭祖,有的是到陕西去上坟,或则激论沸天,或则欢声动地,真好像上坟可以亡国,也可以救国似的。

坟有这么大关系,那么,掘坟当然是要不得的了。元朝的国师八合思巴罢,他就深相信掘坟的利害。他掘开宋陵,要把人骨和猪狗骨同埋在一起,以使宋室倒楣。后来幸而给一位义士盗走了,没有达到目的,然而宋朝还是亡。曹操设了"摸金校尉"之类的职员,专门盗墓,他的儿子却做了皇帝,自己竟被谥为"武帝",好不威风。这样看来,死人的安危,和生人的祸福,又仿佛没有关系似的。相传曹操怕死后被人掘坟,造了七十二疑冢，令人无从下手。于是后之诗人曰："遍掘七十二疑冢，必有一冢葬君尸。"于是后之论者又曰："阿瞒老奸巨猾，安知其尸实不在此七十二冢之内乎。"真是没有法子想。

阿瞒虽是老奸巨猾，我想，疑冢之流倒未必安排的，不过古来的冢墓，却大抵被发掘者居多，冢中人的主名，的确者也很少。洛阳邙山，清末掘墓者极多，虽在名公巨卿的墓中，所得也大抵是一块志石和凌乱的陶器，大约并非原没有贵重的殉葬品，乃是早经有人掘过，拿走了，什么时候呢，无从知道。总之是葬后以至清末的偷掘那一天之间罢。

至于墓中人究竟是什么人，非掘后往往不知道。即使有相传的主名的，也大抵靠不住。中国人一向喜欢造些和大人物相关的名胜，石门有"子路止宿处"，泰山上有"孔子小天下处"；一个小山洞，是埋着大禹，几堆大土堆，便葬着文武和周公。

如果扫墓的确可以救国，那么，扫就要扫得真确，要扫文武周公的陵，不要扫着别人的土包子，还得查考自己是否周朝的子孙。于是乎要有考古的工作，就是掘开坟来，看看有无葬着文王武王周公旦的证据，如果有遗骨，还可照《洗冤录》的方法来滴血。但是，这又和扫墓救国说相反，很伤孝子顺孙的心了。不得已，就只好闭了眼睛，硬着头皮，乱拜一阵。

"非其鬼而祭之，谄也！"单是扫墓救国术没有灵验，还不过是一个小笑话而已。

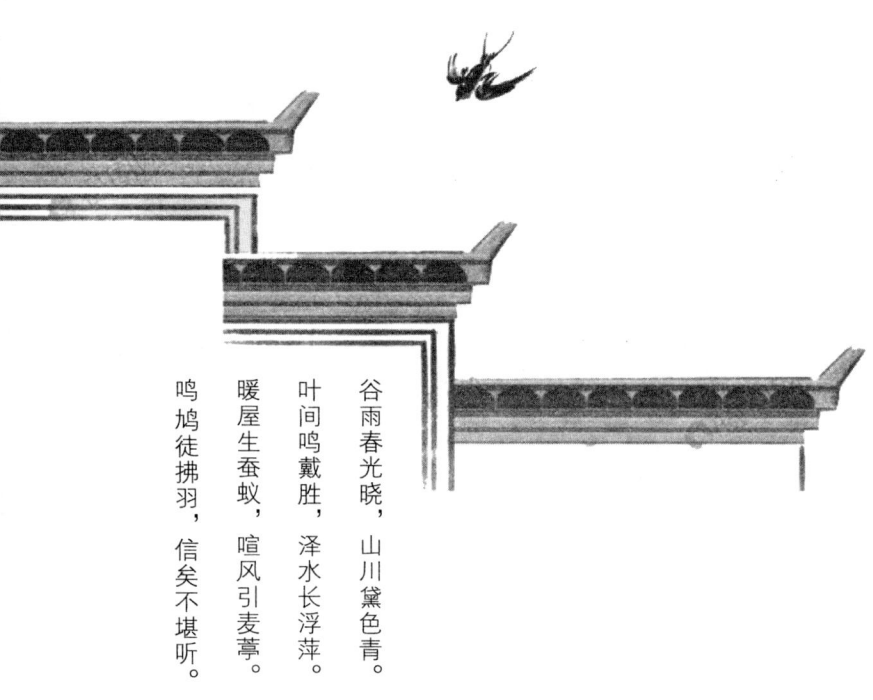

谷雨春光晓,山川黛色青。
叶间鸣戴胜,泽水长浮萍。
暖屋生蚕蚁,喧风引麦葶。
鸣鸠徒拂羽,信矣不堪听。

雨

郁达夫

周作人先生名其书斋曰苦雨,恰正与东坡的喜雨亭名相反。其实,北方的雨,却都可喜,因其难得之故。像今年那么的水灾,也并不是雨多的必然结果;我们应该责备治河的人,不事先预防,只晓得糊涂搪塞,虚糜国帑,一旦有事,就互相推诿,但救目前。人生万事,总得有个变换,方觉有趣;生之于死,喜之于悲,都是如此,推及天时,又何尝不然?无雨哪能见晴之可爱,没有夜也将看不出昼之光明。

我生长江南,按理是应该不喜欢雨的;但春日暝蒙,花枝枯竭的时候,得几点微雨,又是一件多么可爱的事情!"小楼一夜听春雨""杏花春雨江南""天街小雨润如酥",从前的诗人,早就先我说过了。夏天的雨，可以杀暑，可以润禾，它的价值的大，更可以不必再说。而秋雨的霏微凄冷，又是别一种境地，昔人所谓"雨到深秋易作霖，萧萧难会此时心"的诗句，就在说秋雨的耐人寻味。至于秋女士的"秋雨秋风愁煞人"的一声长叹，乃别有怀抱者的托辞，人自愁耳，何关雨事。三冬的寒雨，爱的人恐怕不多。但"江关雁声来渺渺，灯昏宫漏听沉沉"的妙处，若非身历其境者决领悟不到。记得曾宾谷曾以《诗品》中语名诗，叫作《赏雨茅屋斋诗集》。他的诗境如何，我不晓得，但"赏雨茅屋"这四个字，真是多么的有趣！尤其是到了冬初秋晚，正当"苍山寒气深，高林霜叶稀"的时节。

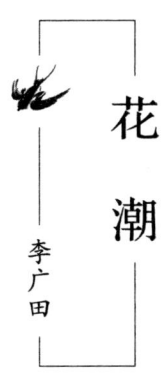

花潮

李广田

昆明有个圆通寺。寺后就是圆通山。从前是一座荒山,现在是一个公园,就叫圆通公园。

公园在山上。有亭,有台,有池,有榭,有花,有树,有鸟,有兽。

后山沿路,有一大片海棠,平时枯枝瘦叶,并不惹人注意,一到三四月间,真是花团锦簇,变成一个花世界。

这几天天气特别好,花开得也正好,看花的人也就最多。"紫陌红尘拂面来,无人不道看花回",办公室里,餐厅里,晚会上,道路上,经常听到有人问答:"你去看海棠没有?""我去过了。"或者说:"我正想去。"到了星期天,道路相逢,多争说圆通山海棠的消息。一时之间，几乎形成一种空气，甚至是一种压力，一种诱惑，如果谁没有到圆通山看花，就好像是一大憾事，不得不挤点时间，去凑个热闹。

　　星期天，我们也去看花。不错，一路同去看花的人可多着哩。进了公园门，步步登山，接踵摩肩，人就更多了。向高处看，隔着密密层层的绿荫，只见一片红云，望不到边际，真是"寺门尚远花光来，漫天锦绣连云开"。这时候，什么苍松啊，翠柏啊，碧梧啊，修竹啊……都挽不住游人。大家都一口气地攀到最高峰，淹没在海棠花的红海里。后山一条大路，两旁，四周，都是海棠。人们坐在花下，走在路上，既望不见花外的青天，也看不见花外还有别的世界。花开得正盛，来早了，还未开好，来晚了已经开败，"千朵万朵压枝低"，每棵树都炫耀自己的鼎盛时代，每一朵花都在微风中枝头上颤抖着说出自己的喜悦。"喷云吹雾花无数，一条锦绣游人路"，是的，是一条花巷，一条花街，上天下地都是花，可谓花天花地。可是，这些说法都不行，都不足以说出花的动态，"四厢花影怒于潮""四山花影下如潮"，还是"花潮"好。古人写诗真有他的，善于说出要害，说出花的气势。你不要乱跑，你静下来，你看那一望无际的花，"如钱塘潮夜澎湃"，有风，花在动，无风，花也潮水一般地动，在阳光的照射下，每一个花瓣都有它自己的阴影，就仿佛多少波浪在大海上翻腾，你越看得出神，你就越感到这一片花潮正在向天空向四面八方伸张，好像有一种生命力在不断扩展。而且，你可以听到潮水的声音，谁知道呢，也许是花下的人语声，也许是花丛中蜜蜂的嗡嗡声，也许什么地方有黄莺的歌声，还有什么地方送来看花人的琴声、歌声、笑声……这一切交织在一起，再加上风声，天籁人籁，就如同海上午夜的潮声。大家都是来看花的，可是，这个花到底怎么看法？有人走累了，拣个最好的地方坐下来看，不一会，又感到这里不够好，也许别个地方更好吧，于是站起来，既依依不舍，又满怀向往，慢步移向别处去。多数人都在花下走来走去，这棵树下看看，好，那棵树下看看，也好，伫立在另一棵树下仔细端详一番，更好，看看，想想，再看看，再想想。有人很大方，只是驻足观赏，有人贪心重，伸手牵过一枝花来摇摇，或者干脆翘起鼻子一嗅，再嗅，甚至三嗅。"天公斗巧乃如此，令人一步千徘徊。"人们面对这绮丽的风光，真是徒唤奈何了。

　　老头儿们看花，一面看，一面自言自语，或者嘴里低吟着什么。老妈妈看花，扶着拐杖，牵着孙孙，很珍惜地折下一朵，簪在自己的发髻上。青年们穿得整整齐齐，干干净净，好像参加什么盛会，不少人已经穿上雪白的衬衫，有的甚至是绸衬衫，有的甚至已是短袖衬衫，好像夏天已经来到他们身上，东张张，西望望，既看花，又看人，洋气得很。青年妇女们，也都打扮得利利落落，很多人都穿着花衣花裙，好像要与花争妍，也有人擦了点胭脂，抹了点口红，显得很突出，可是，在这花的世界里，又叫人感到无所谓了。很自然地想起了龚自珍《西郊落花歌》中说的："如八万四千天女洗脸罢，齐向此地倾胭脂"，真也有点形容过分，反而没有真实感了。小学生们，系着漂亮的红领巾，带着弹弓来了，可是他们并没有射击，即便有鸟，也不射了，被这一片没头没脑的花惊呆了。画家们正调好了颜色对花写生，看花的人又围住了画花的，出神地看画家画花。喜欢照相的人，抱着相机跑来跑去，不知是照花，还是照人，是怕人遮了花，还是怕花遮了人，还是要选一个最好的镜头，使如花的人永远伴着最美的花。有人在花下喝茶，有人在花下弹琴，有人在花下下象棋，有人在花下打桥牌。昆明四季如春，四季有花，可是不管山茶也罢，报春也罢，梅花也罢，杜鹃也罢，都没有海棠这样幸运，有这么多人，这样热热闹闹地来访它，来赏它，这样兴致勃勃地来赶这个开花的季节。还有桃花什么的，目前也还开着，在这附近，就有几树碧桃正开，"猩红鹦绿天人姿，回首夭桃恼失色"，显得冷冷落落地呆在一旁，并没有谁去理睬。在这圆通山头，可以看西山和滇池，可以看平林和原野，可是这时候，大家都在看花，什么也顾不得了。

　　看着看着，实在也有点疲乏，找个地方坐下来休息一下吧，哪里没有人？都是人。坐在一群看花人的旁边，无意中听人家谈论，猜想他们大概是哪个学校的文学教师。他们正在吟诗谈诗：

一个吟道："泪眼问花花不语，乱红飞过秋千去。"

一个说："这个不好，哪来的这么些眼泪！"

另一个吟道："一片花飞减却春，风飘万点正愁人。"

又一个说："还是不好，虽然是诗圣的佳句，也不好。"

一个青年人抢过去说："'繁枝容易纷纷落，嫩蕊商量细细开'，也是杜诗，好不好？"

一个人回答："好的，好的，思想健康，说的是新陈代谢。"

一个人不等他说完就接上去："好是好，还不如龚自珍的'落红不是无情物，化作春泥更护花'有辩证观点，乐观精神。"

有一个人一直不说话，人家问他，他说："天何言哉，四时兴焉，万物生焉，天何言哉。桃李无言，下自成蹊。你们看，海棠并没有说话，可是大家都被吸引来了。"

我也没有说话。想起泰山高处有人在悬崖上刻了四个大字："予欲无言"，其实也甚是多事。

回家的路上，还是听到很多人纷纷议论。

有人说："今年的花，比去年好，去年，比前年好，解放以前谈不到。"

有人说："今天看花好，今夜睡梦好，明天工作好。"

有人说："明天作文课，给学生出题目，有了办法。"

有人说："最好早晨来看花，迎风带露的花，会更娇更美。"

有人说:"雨天来看花更好,海棠经雨胭脂透,当然不是大雨滂沱,而是斜风细雨。"

有人说:"也许月下来看花更好,将是花气氤氲。"

有人说:"下星期再来看花,再不来就完了。"

有人说:"不怕花落去,明年花更好。"

好一个"明年花更好"。我一面走着,一面听人家说着,自己也默念着这样两句话:

春光似海,盛世如花。

北平的四季

郁达夫

对于一个已经化为异物的故人，追怀起来，总要先想到他或她的好处；随后再慢慢地想想，则觉得当时所感到的一切坏处，也会变作很可寻味的一些纪念，在回忆里开花。关于一个曾经住过的旧地，觉得此生再也不会第二次去长住了，身处入了远离的一角，向这方向的云天遥望一下，回想起来的，自然也同样地只是它的好处。

中国的大都会，我前半生住过的地方，原也不在少数；可是当一个人静下来回想起从前，上海的闹热，南京的辽阔，广州的乌烟瘴气，汉口武昌的杂乱无章，甚至于青岛的清幽，福州的秀丽，以及杭州的沉着，总归都还比不上北京——我住在那里的时候,当然还是北京——的典丽堂皇,幽闲清妙。

先说人的分子吧,在当时的北京——民国十一二年前后——上自军财阀政客名优起,中经学者名人,文士美女教育家,下而至于负贩拉车铺小摊的人,都可以谈谈,都有一艺之长,而无憎人之貌;就是由荐头店荐来的老妈子,除上炕者是当然以外,也总是衣冠楚楚,看起来不觉得会令人讨嫌。

其次说到北京物质的供给哩,又是山珍海错,洋广杂货,以及萝卜白菜等本地产品,无一不备,无一不好的地方。所以在北京住上两三年的人,每一遇到要走的时候,总只感到北京的空气太沉闷,灰沙太暗淡,生活太无变化;一鞭出走,出前门便觉胸舒,过芦沟方知天晓,仿佛一出都门,就上了新生活开始的坦道似的;但是一年半载,在北京以外的各地——除了在自己幼年的故乡以外——去一住,谁也会得重想起北京,再希望回去,隐隐地对北京害起剧烈的怀乡病来。这一种经验,原是住过北京的人,个个都有,而在我自己,却感觉得格外的浓,格外的切。最大的原因或许是为了我那长子之骨,现在也还埋在郊外广谊园的坟山,而几位极要好的知己,又是在那里同时毙命的受难者的一群。

北平的人事品物,原是无一不可爱的,就是大家觉得最要不得的北平的天候,和地理联合上一起,在我也觉得是中国各大都会中所寻不出几处来的好地。为叙述的便利起见,想分成四季来约略地说说。

北平自入旧历的十月之后，就是灰沙满地，寒风刺骨的节季了，所以北平的冬天，是一般人所最怕过的日子。但是要想认识一个地方的特异之处，我以为顶好是当这特异处表现得最圆满的时候去领略；故而夏天去热带，寒天去北极，是我一向所持的哲理。北平的冬天，冷虽则比南方要冷得多，但是北方的生活的伟大幽闲，也只有在冬季，使人感受得最彻底。

先说房屋的防寒装置吧，北方的住屋，并不同南方的摩登都市一样，用的是钢骨水泥，冷热气管；一般的北方人家，总只是矮矮的一所四合房，四面是很厚的泥墙；上面花厅内都有一张暖坑，一所回廊；廊子上是一带明窗，窗眼里糊着薄纸，薄纸内又装上风门，另外就没有什么了。在这样简陋的房屋之内，你只教把炉子一生，电灯一点，棉门帘一挂上，在屋里住着，却一辈子总是暖炖炖像是春三四月里的样子。尤其会得使你感觉到屋内的温软堪恋的，是屋外窗外面呜呜在叫啸的西北风。天色老是灰沉沉的，路上面也老是灰的围障，而从风尘灰土中下车，一踏进屋里，就觉得一团春气，包围在你的左右四周，使你马上就忘记了屋外的一切寒冬的苦楚。若是喜欢吃吃酒，烧烧羊肉锅的人，那冬天的北方生活，就更加不能够割舍；酒已经是御寒的妙药了，再加上以大蒜与羊肉酱油合煮的香味，简直可以使一室之内，涨满了白蒙蒙的水蒸温气。玻璃窗内,前半夜,会流下一条条的清汗,后半夜就变成了花色奇异的冰纹。

到了下雪的时候哩,景象当然又要一变。早晨从厚棉被里张开眼来,一室的清光,会使你的眼睛眩晕。在阳光照耀之下,雪也一粒一粒的放起光来了,蛰伏得很久的小鸟,在这时候会飞出来觅食振翎,谈天说地,吱吱地叫个不休。数日来的灰暗天空,愁云一扫,忽然变得澄清见底,翳障全无;于是年轻的北方住民,就可以营屋外的生活了,溜冰,做雪人,赶冰车雪车,就在这一种日子里最有劲儿。

我曾于这一种大雪时晴的傍晚,和几位朋友,跨上跛驴,出西直门上骆驼庄去过一夜。北平郊外的一片大雪地,无数枯树林,以及西山隐隐现现的不少白峰头,和时时吹来的几阵雪样的西北风,所给与人的印象,实在是深刻、伟大、神秘到了不可用言语来形容。直到了十余年后的现在,我一想起当时的情景,还会得打一个寒颤而吐一口清气,如同在钓鱼台溪旁立着的一瞬间一样。

北国的冬宵,更是一个特别适合于看书、写信、追思过去,写作闲谈说废话的绝妙时间。记得当时我们兄弟三人,都住在北京,每到了冬天的晚上,总不远千里地走拢来聚在一道,会谈少年时候在故乡所遇所见的事事物物。小孩们上床去了,佣人们也都去睡觉了,我们弟兄三个,还会得再加一次煤再加一次煤地长谈下去。有几宵因为屋外面风紧天寒之故,到了后半夜的一二点钟的时候,便不约而同地会说出索性坐坐到天亮的话来。像这一种可宝贵的记忆,像这一种最深沉的情调,本来也就是一生中不能够多享受几次的昙花佳境,可是若不是在北平的冬天的夜里,那趣味也一定不会得像如此的悠长。

总而言之,北平的冬季,是想赏识赏识北方异味者之唯一的机会;这一季里的好处,这一季里的琐事杂忆,若要详细地写起来,总也有一部《帝京景物略》那么大的书好做;我只记下了一点点自身的经历,就觉得过长了,下面只能再来略写一点春和夏以及秋季的感怀梦境,聊作我的对这日就沦亡的故国的哀歌。

春与秋,本来是在什么地方都属可爱的时节,但在北平,却与别地方也有点儿两样。北国的春,来得较迟,所以时间也比较得短。西北风停后,积雪渐渐地消了,赶牲口的车夫身上,看不见那件光板老羊皮的大袄的时候,你就得预备着游春的服饰与金钱;因为春来也无信,春去也无踪,眼睛一眨,在北平市内,春光就会得同飞马似的溜过。屋内的炉子,刚拆去不久,说不定你就马上得去叫盖凉棚的才行。

而北方春天的最值得记忆的痕迹,是城厢内外的那一层新绿,同洪水似的新绿。北京城,本来就是一个只见树木不见屋顶的绿色的都会,一踏出九城的门户,四面的黄土坡上,更是杂树丛生的森林地了；在日光里颤抖着的嫩绿的波浪，油光光，亮晶晶，若是神经系统不十分健全的人，骤然间身入到这一个淡绿色的海洋涛浪里去一看，包管你要张不开眼，立不住脚，而昏厥过去。

北京市内外的新绿，琼岛春阴，西山挹翠诸景里的新绿，真是一幅何等奇伟的外光派的妙画！但是这画的框子，或者简直说这画的画布，现在却已经完全掌握在一只满长着黑毛的巨魔的手里了！北望中原，究竟要到哪一日才能够重见得到天日呢？

从地势纬度上讲来，北方的夏天，当然要比南方的夏天来得凉爽。在北平城里过夏，实在是并没有上北戴河或西山去避暑的必要。一天到晚，最热的时候，只有中午到午后三四点钟的几个钟头，晚上太阳一下山，总没有一处不是凉阴阴要穿单衫才能过去的；半夜以后，更是非盖薄棉被不可了。而北平的天然冰的便宜耐久，又是夏天住过北平的人所忘不了的一件恩惠。

我在北平，曾经过过三个夏天；像什刹海、菱角沟、二闸等暑天游耍的地方，当然是都到过的；但是在三伏的当中，不问是白天或是晚上，你只教有一张藤榻，搬到院子里的葡萄架下或藤花荫处去躺着，吃吃冰茶雪藕，听听盲人的鼓词与树上的蝉鸣，也可以一点儿也感不到炎热与熏蒸。而夏天最热的时候，在北平顶多总不过九十四五度，这一种大热的天气，全夏顶多顶多又不过十日的样子。

在北平，春夏秋的三季，是连成一片；一年之中，仿佛只有一段寒冷的时期，和一段比较得温暖的时期相对立。由春到夏，是短短的一瞬间，自夏到秋，也只觉得是过了一次午睡，就有点儿凉冷起来了。因此，北方的秋季也特别的觉得长，而秋天的回味，也更觉得比别处来得浓厚。前两年，因去北戴河回来，我曾在北平过过一个秋，在那时候，已经写过一篇《故都的秋》，对这北平的秋季颂赞过一遍了，所以在这里不想再来重复；可是北平近郊的秋色，实在也正像是一册百读不厌的奇书，使你愈翻愈会感到兴趣。

秋高气爽，风日晴和的早晨，你且骑着一匹驴子，上西山八大处或玉泉山碧云寺去走走看；山上的红柿，远处的烟树人家，郊野里的芦苇黍稷，以及在驴背上驮着生果进城来卖的农户佃家，包管你看一个月也不会看厌。春秋两季，本来是到处好的，但是北方的秋空，看起来似乎更高一点，北方的空气，吸起来似乎更干燥健全一点。而那一种草木摇落，金风肃杀之感，在北方似乎也更觉得要严肃、凄凉、沉静得多。你若不信，你且去西山脚下，农民的家里或古寺的殿前，自阴历八月至十月下旬，去住它三个月看看。古人的"悲哉秋之为气"以及"胡笳互动，牧马悲鸣"的那一种哀感，在南方是不大感觉得到的，但在北平，尤其是在郊外，你真会得感至极而涕零，思千里兮命驾。所以我说，北平的秋，才是真正的秋；南方的秋天，不过是英国话里所说的 Indian Summer，或叫作小春天气而已。

统观北平的四季，每季每节，都有它的特别的好处；冬天是室内饮食奄息的时期，秋天是郊外走马调鹰的日子，春天好看新绿，夏天饱受清凉。至于各节各季，正当移换中的一段时间哩，又是别一种情趣，是一种两不相连，而又两都相合的中间风味，如雍和宫的打鬼，净业庵的放灯，丰台的看芍药，万牲园的寻梅花之类。

五六百年来文化所聚萃的北平，一年四季无一月不好的北平，我在遥忆，我也在深祝，祝她的平安进展，永久地为我们黄帝子孙所保有的旧都城！

看花

朱自清

生长在大江北岸一个城市里,那儿的园林本是著名的,但近来却很少;似乎自幼就不曾听见过我们今天看花去一类话,可见花事是不盛的。有些爱花的人,大都只是将花栽在盆里,一盆盆搁在架上;架子横放在院子里。院子照例是小小的,只够放下一个架子;架上至多搁二十多盆花罢了。有时院子里依墙筑起一座花台,台上种一株开花的树;也有在院子里地上种的。但这只是普通的点缀,不算是爱花。

家里人似乎都不甚爱花;父亲只在领我们上街时,偶然和我们到花房里去过一两回。但我们住过一所房子,有一座小花园,是房东家的。那里有树,有花架(大约是紫藤花架之类),

但我当时还小，不知道那些花木的名字；只记得爬在墙上的是蔷薇而已。园中还有一座太湖石堆成的洞门；现在想来，似乎也还好的。在那时由一个顽皮的少年仆人领了我去，却只知道跑来跑去捉蝴蝶；有时掐下几朵花，也只是随意接弄着，随意丢弃了。至于领略花的趣味，那是以后的事。

夏天的早晨，我们那地方有乡下的姑娘在各处街巷，沿门叫着，卖栀子花来。栀子花不是什么高品，但我喜欢那白而晕黄的颜色和那肥肥的个儿，正和那些卖花的姑娘有着相似的韵味。栀子花的香，浓而不烈，清而不淡，也是我乐意的。我这样便爱起花来了。也许有人会问，你爱的不是花吧？这个我自己其实也已不大弄得清楚，只好存而不论了。

在高小的一个春天，有人提议到城外 F 寺里吃桃子去，而且预备白吃；不让吃就闹一场，甚至打一架也不在乎。那时虽远在五四运动以前，但我们那里的中学生却常有打进戏园看白戏的事。中学生能白看戏，小学生为什么不能白吃桃子呢？我们都这样想，便由那提议人纠合了十几个同学，浩浩荡荡地向城外而去。

到了 F 寺，气势不凡地呵叱着道人们（我们称寺里的工人为道人），立刻领我们向桃园里去。道人们踌躇着说：现在桃树刚才开花呢。但是谁信道人们的话？我们终于到了桃园里。大家都丧了气，原来花是真开着呢！这时提议人 P 君便去折花。

道人们是一直步步跟着的,立刻上前劝阻,而且用起手来。但P君是我们中最不好惹的;说时迟,那时快,一眨眼,花在他的手里,道人已踉跄在一旁了。那一园子的桃花,想来总该有些可看;我们却谁也没有想着去看。只嚷着,没有桃子,得沏茶喝!道人们满肚子委屈地引我们到方丈里,大家各喝一大杯茶。这才平了气,谈谈笑笑地进城去。大概我那时还只懂得爱一朵朵的栀子花,对于开在树上的桃花,是并不了然的;所以眼前的机会,便从眼前错过了。

以后渐渐念了些看花的诗,觉得看花颇有些意思。但到北平读了几年书,却只到过崇效寺一次;而去得又嫌早些,那有名的一株绿牡丹还未开呢。北平看花的事很盛,看花的地方也很多;但那时热闹的似乎也只有一班诗人名士,其余还是不相干的。那正是新文学运动的起头,我们这些少年,对于旧诗和那一班诗人名士,实在有些不敬;而看花的地方又都远不可言,我是一个懒人,便干脆地断了那条心了。

后来到杭州做事,遇见了Y君,他是新诗人兼旧诗人,看花的兴致很好。我和他常到孤山去看梅花。孤山的梅花是古今有名的,但太少;又没有临水的,人也太多。有一回坐在放鹤亭上喝茶,来了一个方面有须,穿着花缎马褂的人,用湖南口音和人打招呼道:"梅花盛开嗒!""盛"字说得特别重,使我吃了一惊;但我吃惊的也只是说在他嘴里"盛"这个声音罢了,花的盛不盛，在我倒并没有什么的。

有一回，Y来说，灵峰寺有三百株梅花；寺在山里，去的人也少。我和Y，还有N君，从西湖边雇船到岳坟，从岳坟入山。曲曲折折走了好一会，又上了许多石级，才到山上寺里。寺甚小，梅花便在大殿西边园中。

园也不大，东墙下有三间净室，最宜喝茶看花；北边有座小山，山上有亭，大约叫望海亭吧，望海是未必，但钱塘江与西湖是看得见的。梅树确是不少，密密地低低地整列着。那时已是黄昏，寺里只我们三个游人；梅花并没有开，但那珍珠似的繁星似的骨都儿，已经够可爱了；我们都觉得比孤山上盛开时有味。大殿上正做晚课，送来梵呗的声音，和着梅林中的暗香，真叫我们舍不得回去。

在园里徘徊了一会，又在屋里坐了一会，天是黑定了，又没有月色，我们向庙里要了一个旧灯笼，照着下山。路上几乎迷了道，又两次三番地狗咬；我们的Y诗人确有些窘了，但终于到了岳坟。船夫远远迎上来道：你们来了，我想你们不会冤我呢！在船上，我们还不离口地说着灵峰的梅花，直到湖边电灯光照到我们的眼。

Y回北平去了，我也到了白马湖。那边是乡下，只有沿湖与杨柳相间着种了一行小桃树，春天花发时，在风里娇媚地笑着。还有山里的杜鹃花也不少。这些日日在我们眼前，从没有人像煞有介事地提议，我们看花去。但有一位S君，却特别爱养花；他家里几乎是终年不离花的。我们上他家去，总看他在那里不是拿着剪刀修理枝叶，便是提着壶浇水。我们常乐意看着。他院子里一株紫薇花很好，我们在花旁喝酒，不知多少次。白马湖住了不过一年，我却传染了他那爱花的嗜好。但重到北平时，住在花事很盛的清华园里，接连过了三个春，却从未想到去看一回。只在第二年秋天，曾经和孙三先生在园里看过几次菊花。清华园之菊是著名的，孙三先生还特地写了一篇文，画了好些画。但那种一盆一干一花的养法，花是好了，总觉没有天然的风趣。

直到去年春天，有了些余闲，在花开前，先向人问了些花的名字。一个好朋友是从知道姓名起的，我想看花也正是如此。恰好Y君也常来园中，我们一天三四趟地到那些花下去徘徊。今年Y君忙些，我便一个人去。我爱繁花老干的杏，临风婀娜的小红桃，贴梗累累如珠的紫荆；但最恋恋的是西府海棠。海棠的花繁得好，也淡得好；艳极了，却没有一丝荡意。疏疏的高干子，英气隐隐逼人。可惜没有趁着月色看过；王鹏运有两句词道："只愁淡月朦胧影，难验微波上下潮。"我想月下的海棠花，大约便是这种光景吧。

为了海棠，前两天在城里特地冒了大风到中山公园去，看花的人倒也不少；但不知怎的，却忘了畿辅先哲祠。Y告我那里的一株，遮住了大半个院子；别处的都向上长，这一株却是横里伸张的。花的繁没有法说；海棠本无香，昔人常以为恨，这里花太繁了，却酝酿出一种淡淡的香气，使人久闻不倦。

  Y告诉我，正是刮了一日还不息的狂风的晚上；他是前一天去的。他说他去时地上已有落花了，这一日一夜的风，准完了。他说北平看花，是要赶着看的，春光太短了，又晴的日子多；今年算是有阴的日子了，但狂风还是逃不了的。我说北平看花，比别处有意思，也正在此。这时候，我似乎不甚菲薄那一班诗人名士了。

春的警钟

庐 隐

不知哪一夜,东风逃出它美丽的皇宫,独驾祥云,在夜的暗影下,窥伺人间。

那时宇宙的一切正偃息于冷凝之中,东风展开它的翅儿向人间轻轻扇动,圣洁的冰凌化成柔波,平静的湖水唱出潺溅的恋歌!

不知哪一夜,花神离开了她庄严的宝座,独驾祥云,在夜的暗影下,窥伺人间。

那时宇宙的一切正抱着冷凝枯萎的悲伤,花神用她挽回春光的手段,剪裁绫罗,将宇宙装饰得嫣红柔绿,胜似天上宫阙,她悄立万花丛中,赞叹这失而复得的青春!

不知哪一夜，司钟的女神，悄悄的来到人间！

那时人们正饮罢毒酒，沉醉于生之梦中，她站在白云端里敲响了春的警钟。这些迷惘的灵魂，都从梦里惊醒，呆立于尘海之心——风正跳舞，花正含笑，然而人类却失去了青春！

他们的心已被冰凌刺穿，他们的血已积成了巨澜，时时鼓起腥风吹向人间！

但是司钟的女神，仍不住声的敲响她的警钟，并且高叫道：

青春！青春！你们要捉住你们的青春！

它有美丽的翅儿，善于逃遁，

在你们踌躇的时候，它已逃去无踪！

青春！青春！你们要捉住你们的青春！

世界受了这样的警告，人心撩乱到无法医治。

然而，不知哪一夜，东风已经逃回它美丽的皇宫。

不知哪一夜，花神也躲避了悲惨的人间！

不知哪一夜，司钟的女神，也不再敲响她的警钟！

青春已成不可挽回的运命，宇宙从此归复于萧杀沉闷！

窗外的春光

——庐隐

几天不曾见太阳的影子,沉闷包围了她的心。今早从梦中醒来,睁开眼,一线耀眼的阳光已映射在她红色的壁上,她连忙披衣起来,走到窗前,把洒着花影的素幔拉开。前几天种的素心兰,已经开了几朵,淡绿色的瓣儿,衬了一颗朱红色的花心,风致真特别,即所谓"冰洁花丛艳小莲,红心一缕更嫣然"了。同时一股沁人心脾的幽香,喷鼻醒脑,平板的周遭,立刻涌起波动,春神的薄翼,似乎已扇动了全世界凝滞的灵魂。

说不出是喜悦,还是惆怅,但是一颗心灵涨得满满的——莫非是满园春色关不住——不,这连她自己都不能相信;然而仅仅是为了一些过去的眷恋,而使这颗心不能安定吧!本来人生如梦，在她过去的生活中，有多少梦影已经模糊了。就是从前曾使她惆怅过，甚至于流泪的那种情绪，现在也差不多消逝净尽。就是不曾消逝的而在她心头的意义上，也已经变了色调，那就是说从前以为严重得了不得的事，现在看来，也许仅仅只是一些幼稚的可笑罢了！

兰花的清香，又是一阵浓厚的包袭过来。几只蜜蜂嗡嗡的在花旁兜着圈子，她深切的意识到，窗外已充满了春光；同时二十年前的一个梦影，从那深埋的心底复活了：

一个仅仅十零岁的孩子，为了脾气的古怪，不被家人们的了解，于是把她送到一所囚牢似的教会学校去寄宿。那学校的校长是美国人——一个五十岁的老处女，对于孩子们管得异常严厉，整月整年不许孩子走出那所建筑庄严的楼房外去。四围的环境又是异样的枯燥，院子是一片沙土地；在角落里时时可以发现被孩子们踏陷的深坑，坑里纵横着人体的骨骼，没有树也没有花，所以也永远听不见鸟儿的歌曲。

春风有时也许可怜孩子们的寂寞吧！在那洒过春雨的土地上，吹出一些青草来——有一种名叫"辣辣棍棍"的，那草根有些甜辣的味儿，孩子们常常伏在地上，寻找这种草根，放在口里细细的嚼咀；这可算是春给她们特别的恩惠了！

那个孤零的孩子，处在这种阴森冷漠的环境里，更是倔强，没有朋友，在她那小小的心灵中，虽然还不曾认识什么是世界；

也不会给这个世界一个估价，不过她总觉得自己所处的这个世界，是有些乏味；她追求另一个世界。在一个春风吹得最起劲的时候，她的心也燃烧着更热烈的希冀，但是这所囚牢似的学校，那一对黑漆的大门仍然严严的关着，就连从门缝看看外面的世界，也只是一个梦想。于是在下课后，她独自跑到地窖里去，那是一个更森严可怕的地方，四围是石板作的墙，房顶也是冷冰冰的大石板，走进去便有一股冷气袭上来，可是在她的心里，总觉得比那死气沉沉的校舍，多少有些神秘性吧。最能引诱她的当然还是那几扇矮小的窗子，因为窗子外就是一座花园。这一天她忽然看见窗前一丛蝴蝶兰和金钟罩，已经盛开了，这算给了她一个大诱惑。自从发现了这窗外的春光后，这个孤零的孩子，在她生命上，也开了一朵光明的花。她每天像一只猫儿般，只要有工夫，便蜷伏在那地窖的窗子上，默然地幻想着窗外神秘的世界。

　　她没有哲学家那种富有根据的想象，也没有科学家那种理智的头脑，她小小的心，只是被一种天所赋与的热情紧咬着。她觉得自己所坐着的这个地窖，就是所谓人间吧——一切都是冷硬淡漠，而那窗子外的世界却不一样了。那里一切都是美丽的、和谐的、自由的吧！她欣羡着那外面的神秘世界，于是那小小的灵魂，每每跟着春风，一同飞翔了。她觉得自己变成一只蝴蝶，在那盛开着美丽的花丛中翱翔着，有时她觉得自己是一只小鸟，直扑天空，伏在柔软的白云间甜睡着。她整日支着颐不动不响的尽量陶醉，直到夕阳逃到山背后，大地垂下黑幕时，她才快快的离开那灵魂的休憩地，回到陌生的校舍里去。

她每日每日照例的到地窖里来——一直过完了整个的春天。忽然她看见蝴蝶兰残了，金钟罩也倒了头，只剩下一丛深碧的叶子，苍茂的在薰风里撼动着，那时她竟莫名其妙地流下眼泪来。这孩子真古怪得可以，十零岁的孩子前途正远大着呢，这春老花残，绿肥红瘦，怎能惹起她那么深切的悲感呢？！但是孩子从小就是这样古怪，因此她被家人所摒弃，同时也被社会所摒弃。在她的童年里，便只能在梦境里寻求安慰和快乐，一直到她否认现实世界的一切，她终成了一个疏狂孤介的人。在她三十年的岁月里，只有这些片段的梦境，维系着她的生命。

阳光渐渐的已移到那素心兰上，这目前的窗外春光，撩拨起她童年的眷恋。她深深的叹息了："唉，多缺陷的现实的世界呵！在这春神努力的创造美丽的刹那间，你也想遮饰起你的丑恶吗？人类假使连这些梦影般的安慰也没有，我真不知道人们怎能延续他们的生命哟！"

但愿这窗外的春光，永驻人间吧！她这样虔诚的默祝着，素心兰像是解意般的向她点着头。

春末闲谈

鲁迅

北京正是春末,也许我过于性急之故罢,觉着夏意了,于是突然记起故乡的细腰蜂。那时候大约是盛夏,青蝇密集在凉棚索子上,铁黑色的细腰蜂就在桑树间或墙角的蛛网左近往来飞行,有时衔一只小青虫去了,有时拉一个蜘蛛。青虫或蜘蛛先是抵抗着不肯去,但终于乏力,被衔着腾空而去了,坐了飞机似的。

老前辈们开导我,那细腰蜂就是书上所说的蜾蠃,纯雌无雄,必须捉螟蛉去做继子的。她将小青虫封在窠里,自己在外面日日夜夜敲打着,祝道"像我像我",经过若干日——我记不清了,大约七七四十九日罢——那青虫也就成了细腰蜂了,所以

《诗经》里说："螟蛉有子，蜾蠃负之。"螟蛉就是桑上小青虫。蜘蛛呢？他们没有提。我记得有几个考据家曾经立过异说，以为她其实自能生卵；其捉青虫，乃是填在窠里，给孵化出来的幼蜂做食料的。

但我所遇见的前辈们都不采用此说，还道是拉去做女儿。我们为存留天地间的美谈起见，倒不如这样好。当长夏无事，遣暑林荫，瞥见二虫一拉一拒的时候，便如睹慈母教女，满怀好意，而青虫的婉转抗拒，则活像一个不识好歹的毛鸦头。

但究竟是夷人可恶，偏要讲什么科学。科学虽然给我们许多惊奇，但也搅坏了我们许多好梦。自从法国的昆虫学大家发勃耳（Fabre）仔细观察之后，给幼蜂做食料的事可就证实了。而且，这细腰蜂不但是普通的凶手，还是一种很残忍的凶手，又是一个学识技术都极高明的解剖学家。她知道青虫的神经构造和作用，用了神奇的毒针，向那运动神经球上只一螫，它便麻痹为不死不活状态，这才在它身上生下蜂卵，封入窠中。

青虫因为不死不活，所以不动，但也因为不活不死，所以不烂，直到她的子女孵化出来的时候，这食料还和被捕当日一样的新鲜。

三年前，我遇见神经过敏的俄国的E君，有一天他忽然发愁道，不知道将来的科学家，是否不至于发明一种奇妙的药品，将这注射在谁的身上，则这人即甘心永远去做服役和战争的机器了？那时我也就皱眉叹息，装作一齐发愁的模样，以示"所见略同"之至意，殊不知我国的圣君，贤臣，圣贤，圣贤之徒，却早已有过这一种黄金世界的理想了。不是"唯辟作福，唯辟作威，唯辟玉食"么？不是"君子劳心，小人劳力"么？不是"治于人者食（去声）人，治人者食于人"么？可惜理论虽已卓然，而终于没有发明十全的好方法。

要服从作威就须不活，要贡献玉食就须不死；要被治就须不活，要供养治人者又须不死。

人类升为万物之灵，自然是可贺的，但没有了细腰蜂的毒针，却很使圣君，贤臣，圣贤，圣贤之徒，以至现在的阔人，学者，教育家觉得棘手。将来未可知，若已往，则治人者虽然尽力施行过各种麻痹术，也还不能十分奏效，与螺蠃并驱争先。即以皇帝一论而言，便难免时常改姓易代，终没有"万年有道之长"；"二十四史"而多至二十四，就是可悲的铁证。现在又似乎有些别开生面了，世上挺生了一种所谓"特殊知识阶级"的留学生，在研究室中研究之结果，说医学不发达是有益于人种改良的，中国妇女的境遇是极其平等的，一切道理都已不错，一切状态都已够好。E君的发愁，或者也不为无因罢，然而俄国是不要紧的，因为他们不像我们中国，有所谓"特别国情"，还有所谓"特殊知识阶级"。

但这种工作，也怕终于像古人那样，不能十分奏效的罢，因为这实在比细腰蜂所做的要难得多。她于青虫，只须不动，所以仅在运动神经球上一螫，即告成功。

而我们的工作，却求其能运动，无知觉，该在知觉神经中枢，加以完全的麻醉的。但知觉一失，运动也就随之失却主宰，不能贡献玉食，恭请上自"极峰"下至"特殊知识阶级"的赏收享用了。就现在而言，窃以为除了遗老的圣经贤传法，学者的进研究室主义，文学家和茶摊老板的莫谈国事律，教育家的勿视勿听勿言勿动论之外，委实还没有更好，更完全，更无流弊的方法。便是留学生的特别发现，其实也并未轶出了前贤的范围。

那么，又要"礼失而求诸野"了。夷人，现在因为想去取法，姑且称之为外国，他那里，可有较好的法子么？可惜，也没有。所有者，仍不外乎不准集会，不许开口之类，和我们中华并没有什么很不同。然亦可见至道嘉猷，人同此心，心同此理，固无华夷之限也。猛兽是单独的，牛羊则结队；野牛的大队，就会排角成城以御强敌了，但拉开一匹，定只能牟牟地叫。人民与牛马同流——此就中国而言，夷人别有分类法云——治之之道，自然应该禁止集合：这方法是对的。其次要防说话。人能说话，已经是祸胎了，而况有时还要做文章。所以苍颉造字，夜有鬼哭。鬼且反对，而况于官？猴子不会说话，猴界即向无风潮——可是猴界中也没有官，但这又作别论——确应该虚心取法，返璞归真，则口且不开，文章自灭：这方法也是对的。然而上文也不过就理论而言，至于实效，却依然是难说。最显著的例，是连那么专制的俄国，而尼古拉二世"龙御上宾"之后，罗马诺夫氏竟已"覆宗绝祀"了。要而言之，那大缺点就在虽有二大良法，而还缺其一，便是：无法禁止人们的思想。

于是我们的造物主——假如天空真有这样的一位"主子"——就可恨了：一恨其没有永远分清"治者"与"被治者"；二恨其不给治者生一只细腰蜂那样的毒针；三恨其不将被治者造得即使砍去了藏着的思想中枢的脑袋而还能动作——服役。

三者得一，阔人的地位即永久稳固，统御也永久省了气力，而天下于是乎太平。今也不然，所以即使单想高高在上，暂时维持阔气，也还得日施手段，夜费心机，实在不胜其委屈劳神之至……

假使没有了头颅，却还能做服役和战争的机械，世上的情形就何等地醒目呵！这时再不必用什么制帽勋章来表明阔人和窄人了，只要一看头之有无，便知道主奴，官民，上下，贵贱的区别。并且也不至于再闹什么革命，共和，会议等等的乱子了，单是电报，就要省下许多许多来。古人毕竟聪明，仿佛早想到过这样的东西，《山海经》上就记载着一种名叫"刑天"的怪物。他没有了能想的头，却还活着，"以乳为目，以脐为口"——这一点想得很周到，否则他怎么看，怎么吃呢——实在是很值得奉为师法的。假使我们的国民都能这样,阔人又何等安全快乐?但他又"执干戚而舞",则似乎还是死也不肯安分,和我那专为阔人图便利而设的理想底好国民又不同。陶潜先生又有诗道:"刑天舞干戚,猛志固常在。"连这位貌似旷达的老隐士也这么说,可见无头也会仍有猛志,阔人的天下一时总怕难得太平的了。但有了太多的"特殊知识阶级"的国民,也许有特在例外的希望;况且精神文明太高了之后,精神的头就会提前飞去,区区物质的头的有无也算不得什么难问题。

歌声

朱自清

昨晚中西音乐歌舞大会里"中西丝竹和唱"的三曲清歌,真令我神迷心醉了。

仿佛一个暮春的早晨,霏霏的毛雨默然洒在我脸上,引起润泽、轻松的感觉。新鲜的微风吹动我的衣袂,像爱人的鼻息吹着我的手一样。我立的一条白矾石的甬道上,经了那细雨,正如涂了一层薄薄的乳油,踏着只觉越发滑腻可爱了。

这是在花园里。群花都还做她们的清梦。那微雨偷偷洗去她们的尘垢,她们的甜软的光泽便自焕发了。在那被洗去的浮艳下,我能看到她们在有日光时所深藏着的恬静的红,冷落的紫,和苦笑的白与绿。以前锦绣般在我眼前的,现在都带了黯淡的颜色。——是愁着芳春的销歇么？是感着芳春的困倦么？

大约也因那蒙蒙的雨，园里没了秾郁的香气。涓涓的东风只吹来一缕缕饿了似的花香；夹带着些潮湿的草丛的气息和泥土的滋味。园外田亩和沼泽里，又时时送过些新插的秧，少壮的麦，和成荫的柳树的清新的蒸气。这些虽非甜美，却能强烈地刺激我的鼻观，使我有愉快的倦怠之感。

看啊，那都是歌中所有的：我用耳，也用眼、鼻、舌、身，听着；也用心唱着。我终于被一种健康的麻痹袭取了。于是为歌所有。此后只由歌独自唱着，听着；世界上便只有歌声了。

去来今

王统照

"春山烟淡藤花落,好鸟时啼三两声。"

在往海边友人家的道中忽然记起了八年前的旧诗句。那时我也走过这里,一样的残春却是清晨。碧桃落尽,柳枝的影子反映水面已显出丰润的柔姿,风从山道上飑过来,挟着不惹人厌恶的海腥味,湿气颇重,朝霭若断若连——在山头,在密林的空隙,在草地上。刚刚是宿雨初晴,不像莺也不是拙笨的云雀,偶然送过几阵婉转清脆的啼音;淡笼的烟痕像被鸟语震得微动的丝网,荡一下——那样轻,那样快,几乎非视力所能辨别,也许我的"心眼"在不可捉摸的影像上做幻觉的活动(是心动,是物动,正不易说清,横竖是没有证据的事)。弱光的金线从东南方射出，与高，下，横断的淡青色的"丝网"缠在一起。光与色的融合无从辨别，却像有神奇的爱力粘合在一起。四围，林擒树的大圆叶子，层叠如波浪的马尾松，玲珑楼房窗前的盆花，绿漪上飘浮的碎萍，它们都微笑着。它们受着薄霭的温浴，它们迎恋着朝旭的华光；它们愉快地为青春生命开始活动，显出自然满足的骄傲。一切都有生力的跃动与活气的蓬勃。

然而我那两句偶成的旧体诗还不一样堕入旧人的圈套，有什么表出呢，对自己那一瞬间的感受与对客观世界心理的解剖？

诗句，只能刻画已属下乘，何况连刻画都偏而不全，如是拙笨！

自然看风景的一点，割人生的一段，望四面明镜的一角，便能有一点微小的享受，有一份独自会心的兴感，否则如何解释"相看两不厌，只有敬亭山"的诗意？

感受，在事物时间的当前引起心情的抖动，不算生活的奢靡，也不算精神上的浪费。不见？小姑娘在高坡上撷得一枝山花便欣然地忘了疲苦，汗流浃背的劳人有时还得哼几句不成腔调的皮簧——他们绝不会因一枝山花，几句剧词，便容易忘怀了世间的痛苦，得到这一瞬间的享受也麻醉不了他们的灵魂，除非环境能给他们安排下只有快乐，没有悲苦激刺的人生。"夫有劝，有诅，有喜，有怒，然后有间而可入。"悲欢忧喜的交织，正是人间竞争奋进的机键，盈于此则缺于彼；有的承受便有的进展，是人生谁也逃不出自然的圈套。当然，其间有高下，好坏的分别相。

说过去的一切不值得追忆与怀想，像是勇者。当前！当前！再来一个当前！"逝者如斯"，在当前的催逼急迫之下你还有余暇，还有丢不掉的闲情向过去凝思？这是懦弱心理的表现。为未来，我们都为未来努力，冲上前去！（或者换四个更动人的字是"迎头赶上"。）向回头看，对已往的足迹还在联想上留一点点迟回的念头，那，你便是勇气不够，是落伍者。……对于这样"气盛言宜"的责备与鼓励，分辩不得，解说不了，除却低首无语外能有什么答复？不过，"逝者如斯"，因有已逝的"过去"，才分外对正在逝的"现在"加意珍惜；加意整顿全神对它生发出甚深的感动；同时也加意倾向于不免终为逝者的"未来"。这正是一条韧力的链环，无此环彼环何能套定，只有一个环根本上成不了有力的链子。打断"过去"，说现在只是现在，那么，这两个字便有疑义，对未来的信念亦易动摇。我们不能轻视了名词；有此名词它必有所附丽，无其事，无其意义，完全泯没了痕迹，以为一切都像美猴王从石头缝里迸出来的，那么迅速，神奇，不可思议，以为我们凭空能创造出世间的奇迹？现在，现在，以为惟此二字是推动文化的法宝，这未免看得太容易了！

据说生活力基于从理化学原则的原子运动，而为运动主因的则在原子中"牵引""反拨"两种力量的起伏。一方显露出成为现势力，一方隐藏着成为潜势力，而势力的总量始终不变。两者共同存在，共同做力之运动，方能形成生活现象。时间，在一切生活现象中谁能否认它那伟大的力量。"一弹指顷去来今"，先有所承，后有所启，不必讲什么演化的史迹，人类的精神作用，如果抹去了时间，那有作用的领域便有限得很；人类的思与感如果没有相当的刺激与反应，思与感是否还能存在？有欲望，兴趣的探索，推动，方能有努力的获得。他的"嗜好的灵魂"绝不是无因而至，要把这些欲望，兴趣，引动起来，向"现在"深深投入，把握得住，对"未来"映现出一条光亮道路。我们无论怎样武断，哪能把隐藏的潜势力看作无足轻重？亚里士多德主张"宇宙的历程是一种实现的历程，Process of Realization"历程须有所经，讲实现岂能蔑视了已成"过去"的却仍在隐藏着的潜力。不过，这并非只主张保守一切与完全作骸骨迷恋的——只知过去不问现在者所可借口。

在明丽的光景中，"过去"曾给我的是一片生机，是欣欣向荣，奋发活动的兴趣。那刚从碧海里出浴的阳光；那四周都像忻忻微笑的面容；那在氛围中遏抑不住，掩藏不了的青春生活力的迸跃，过去么？年光不能倒流，无尽的时间中几个年头又是若何的迅速，短促！但轻烟柳影，啼鸟，绿林，海潮的壮歌，苍天的明洁，自然界与生物的黏着，密接，酝酿，融和，过去么?触于目,动于心,激奋在"嗜好的灵魂"中……一样把生力的跃动包住我的全身,挑起我的应感。

虽然,世局的变迁,人间的纠纷,几个年头要拢总来做一个总和,难道连一点"感慨山河艰难戎马"的真感都没有,只会发幻念里呆子的"妄想"?是的,朋友!只要我们不缺少生力的活跃,不处处时时只做徒然的"溅泪惊心"的空梦,在悲苦失望间把生力渐渐销沉,渐渐淡化了去——只凭焦灼,悲愁,未必便能增加多少向前冲去的力量罢?——对"过去"的印证还存有信心;"现在"的感受更提高了气力;"将来",我们应分毫不迟疑,毫不犹豫地相信抓在我们的手中!何以故?因为还有我们生命力的存在。何以故?因为不曾丧失了我们的潜力。何以故?我们不消极地只是悲苦凄叹把日子空空度去!

在行道时,一样的残春风物却一样把过去的生命力在我的思念与感受中重交与我,他们正像是 Raised new mountains and spread delicious valleys for me（G. Eliot 的话）,虽然说是"新的",因为"过去"的印证却分外增强了我的认识与奋发。朋友,我希望不要用生活的奢靡与精神上的浪费两句话来责备我。

我永远相信"去,来,今"三者是人间世一串有力的链环。